U0927436

其实旅行这么好　无论什么时候出走都不迟

青春这么好　无论怎么过都是浪掷了

a

我从印度
活着回来了

没做攻略　没看帖子
甚至连第一天晚上住在哪儿都没有定
我知道一切事情都会顺理成章地发生
所以我完全没有准备　也完全没有紧张
三十五升的背包只装了一半

我就这样离家出走了

WELCOME TO
LAXMI LODGE
& RESTAURANT

WEL COME TO
ANNAPURNA VIEW
POINT LODGE ULLERI
NICE PLACE TO STAY
COME AS A GUEST
GO AS A FRIEND

有时候恨不得马上就坐飞机

离开这可怕的地方

但是真正要走了却又舍不得了

我不知道在世界的其他地方

还能不能过得这么丰富充实

在这里度过余生感觉也没什么不好

Ind

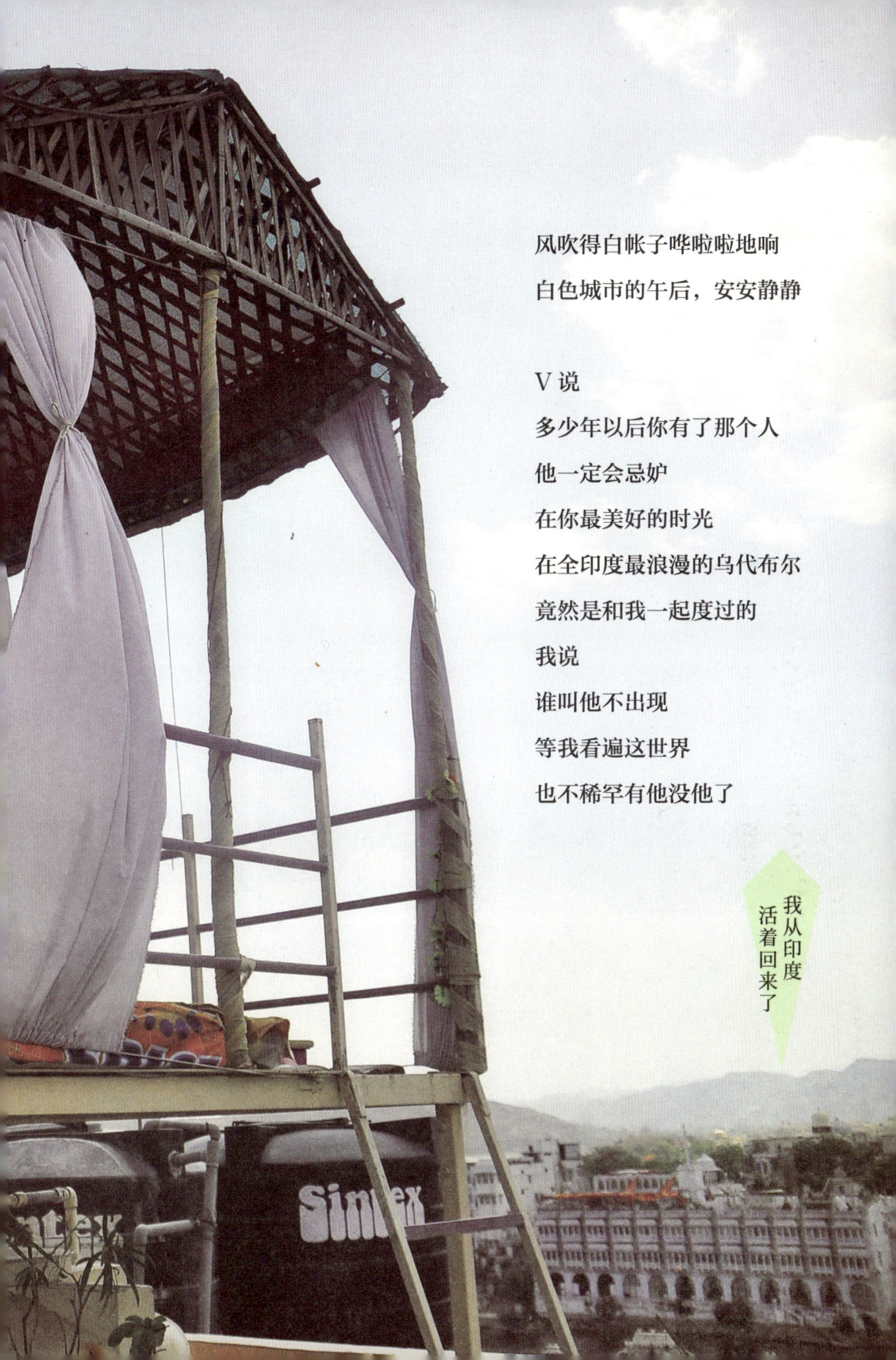

风吹得白帐子哗啦啦地响
白色城市的午后，安安静静

V说
多少年以后你有了那个人
他一定会忌妒
在你最美好的时光
在全印度最浪漫的乌代布尔
竟然是和我一起度过的
我说
谁叫他不出现
等我看遍这世界
也不稀罕有他没他了

那些在路上邂逅的人

那些途中看过的风景

那些欢笑和眼泪

那些白昼和黑夜

自此被时光接纳和铭刻

成为生命另外的部分

我从印度活着回来了

Sukey 著

CNS PUBLISHING & MEDIA 湖南文艺出版社 HUNAN LITERATURE AND ART PUBLISHING HOUSE 博集天卷 CS-BOOKY

献给想要独自上路的你

你是为了找回你的过去而旅行吗?

你是为了找到你的未来而旅行吗?

别的地方是一块反面的镜子。

旅行者能够看到他自己所拥有的是何等的少,

而他所未曾拥有和永远不会拥有的是何等的多。

——卡尔维诺(意大利作家)

那些在路上邂逅的人
那些途中看过的风景

那些欢笑和眼泪/那些白昼和黑夜

自此被时光接纳和铭刻
成为生命另外的部分

Travel far when you are young

推荐序

年轻时，就应该去远方

文/猫力

事实上，看到Sukey姑娘的这本书时，我并未感到特别意外。因为我曾想过，终有一天，她会将那些独自在路上晃荡的故事讲出来的。那些在路上邂逅的人，那些途中看过的风景，那些欢笑和眼泪，那些白昼和黑夜，自此被时光接纳和铭刻，成为生命另外的部分。

年轻时，应该去远方。这是一句老掉牙的话，但即使说上十万遍，依旧拥有无穷魔力，依旧召唤着年轻的我们。于是，我们上路了。我们走在去往世界的路上。

我非常喜欢印度，去了好几次，最久的一次待了三个月，而Sukey姑娘的这本书，写的就是她在印度遇见的各种奇葩事儿，用“疯狂”“惊险”“放肆”“刺激”这几个词外加重重的感叹号来形容，好像还不够力度不够热度。没完没了的印度式求婚、性骚扰、充斥着牛粪的火车站、杂乱肮脏的街市；各色各样的骗子、怪“蜀黍”、王子、上流社会的人贩子、帅哥、政客……在这个疯狂的国度，每天上演着超乎想象的事，所有的遭遇被放大，被加速，无比夸张却又无比真实。总之，这个“女汉子”所遭遇的各种“重口味”事件，真心让人热血沸腾。

当然，当初我在印度也遇到很多事，好在我有一个汉子陪着，有一种要死也是两个人的心情，也没什么可担心的，但Sukey这孤身一人又貌美如花的姑娘，我相信她在印度的危险指数一定比我高很多，好在，她活着回来了，带回来的，都是美好有趣的故事。

可除了这些之外，我们还能看到什么呢？我们去远方究竟是为了什么？

Sukey姑娘在书中说，看过全世界所有的名胜古迹不难，打开电脑点击搜索即可，但是你搜不到的是人心。人心是如此华丽又多变的东西，怎么看也看不够。恶意和善意可以如此迅速地转变。爱，美妙却拥有可怕的破坏力。

人们也常常说在旅途中遇见真正的自己，但事实上，是因为目睹太多的人心，才从中看见了自己。从他人眼中，从他人心中，从世界的另一个角度，看清的，才是真正的自我。

旅行，就是看见人心，说得多好。

年轻，就应该去远方。

哪怕只为这一世，不留遗憾。

二十二岁独自一人上路

从尼泊尔到印度

一段热血又奇葩的旅行

在世界的另一个角落

找到坚韧柔软的自己

Contents

目 录

我从印度

活着回来了

其实旅行这么好

无论什么时候出走都不迟

青春这么好

无论怎么过都是浪掷了

目录

人死了都是一样的/所以我活着的时候/一定要活得不一样
因为活着的时光不过百年/然而你会死很久很久
直到时间的尽头

V说/多少年以后你有了那个人/他一定会忌妒
在你最美好的时光/在全印度最浪漫的乌代布尔
竟然是和我一起度过的

目录

目 录

其实旅行这么好

无论什么时候出走都不迟

青春这么好

无论怎么过都是浪掷了

World in Eyes

序

世界的形状

我一直觉得这个世界上充满了偏见。

比如，很多人都以为钱会让人幸福，以为电视里说的都是真的，以为只要出门就必须时时刻刻都保持警惕，以为外面的所有人都想害你，以为围绕着自己的就是世界的全部……

听了太多的声音，我反而开始怀疑，或许世界不是别人口中的样子，而应该是我亲眼看见、亲耳听见、亲身感受到的一切。

于是，那一天，二十二岁的我背上包出发了。

第一次，一个人坐上飞机，飞向那个我并不了解的国度——印度。

我凭着磕磕巴巴的英语去当沙发客，品尝着奇奇怪怪的异域小吃，也认识了来自各个国家形形色色的朋友；遇到好人，也遇到坏人；被求婚，也被骗；坐过六十块钱的飞机，也睡过火车的地板；坐过拉白菜的汽车，也坐过极度超载的三轮摩托车；经常笑得忘乎所以，偶尔也会哭得眼泪和泥土混在一起……

就这样，我尝试着去了许多人不敢去的地方，尝试去相信路上遇到的每一个人，尝试在没有钱的情况下获得最大的快乐，尝试独自去面对可能发生的种种危险……

一路走下来，我才发现，世界原来是如此生动地存在着，它不是电视里的种族冲突，不是别人口中的贫穷落后。它是有生命的东西，处处充满了生活的痕迹。

每到一处，人心就是一道风景。

看遍全世界所有的名胜古迹不难，打开电脑，点击搜索即可，但是你看不到的是人心。人心是如此华丽而多变，怎么看也看不够。恶意和善意可以如此迅速地转变，爱虽美妙却拥有可怕的破坏力。

在做沙发客的日子里，我住在陌生人的家里，窥视他们人心的一角。有的主人在我无家可归时带我回家，给我食物和衣服，早上四点钟起床载我去机场；有的主人让我参与他的生活，却以介绍朋友为名将我出卖；有的主人虽然家贫，却倾其所能地招待我，可半年后忽然狮子大开口，不断向我越洋借钱……背着行囊辗转旅行，一路看尽人心色彩，那些美丽的、善良的、丑陋的、充满欲望的一切，都是生命中最宝贵的事情。

当然，从象牙塔里走出来的少女，看到的真实世界，或许并不美丽。

走进印度的第一天，我就被坑了钱；第一次当沙发客，就遇到了性骚扰；曾经在气温高达四十五摄氏度的巴士上，病得感觉下一秒就要死去；也曾被人欺骗出卖，半夜在空无一人的荒原上被迫和陌生异性对酌；还曾连续两夜挤在堆满牛粪和充斥异味的印度火车地板上，冷得每几分钟就醒来一次……旅行并不如想象中的那样，时时刻刻都美好，但越是痛苦的时刻越让人难忘。有时候，我甚至想不起来看过哪些美丽风景，却忘不了生病却又无人陪伴的那些孤独夜晚，因为那样的时刻，肉体的痛苦反而会让人更清醒地思考人生，然后迅速成长。多少年后回想起来，我应该会为当时年轻的自己骄傲地微微一笑吧。

有时候觉得，人年轻的时候要走遍世界，才不辜负青春时光。

旅行这么好，无论何时出走都不迟；青春这么好，无论怎么过都是浪掷。

我们休学、辞职、过间隔年，惦记着沙发、廉价机票、打工度假。我们漂在世界的各个角落，嬉笑怒骂，浪迹天涯，仅为一句：这一世，活得无愧于心。

没做攻略/没看帖子
甚至连第一天晚上住在哪儿都没有定
我知道一切事情都会顺理成章地发生
所以我完全没有准备/也完全没有紧张

三十五升的背包只装了一半
我就这样离家出走了

Chapter 1

Curious

Chapter 1

Curious

第一章

一场说走就走的旅行

踏上尼泊尔的土地

一切从一张免费机票开始。

2012年3月底的一天晚上，我坐在公交车上，看着窗外的夜色，忽然很想去琅勃拉邦[1]看看。对比了几种入境的方式，无一例外都很贵，于是开始考虑打工换食宿

[1] 琅勃拉邦，老挝著名的古都和佛教中心。

的旅行方式。我发了条微博，说自己想去老挝，如果有人愿意提供机票，我可以全程为他做导游和翻译，尽全力给他带来一段难忘的旅程。

或许人生总是随时会因为一件小事而改变轨迹，点下“发布”的时候，我并没有那么多的期待。五分钟后，事情却有了进展。一位叫修行的网友发私信给我，说愿意出机票和我一起旅行。他说他关注我的微博也有一段时间了，都是骨子里热爱自由的人，他正好也能抽出十天的时间，便约我一起上路。欣喜之下，我们开始商讨行程，发现如果去琅勃拉邦的话，转机的确是太麻烦了。反正我只是有一个旅行的冲动，仅仅是想出去而已，并不是非要去琅勃拉邦不可。所以半小时后，我们的旅行目的地就已经变成了尼泊尔。

接下来的一个星期，我办好了签证，买了一些户外装备。4月2日晚上，我和修行就一起坐上了从广州飞往尼泊尔首都加德满都的飞机。没做攻略、没看帖子、没买《孤独星球》（*Lonely Planet*，一本旅行指南书），甚至连第一天晚上住在哪儿都没有定。或许这就是传说中的说走就走的旅行，我知道一切事情都会顺理成章地发生，所以我完全没有准备，也完全没有紧张。

三十五升的背包只装了一半，我就这样离家出走了。

五小时的飞行，无论怎么说也不能算是舒适，所幸在飞机上认识了一个上海的女孩，她正巧要到加德满都的泰米尔区入住。于是，我们大半夜降落在加德满都，坐着烂得都快开不了的面包车，一路颠颠簸簸，到了泰米尔区的一个不知道叫什么的地方住。三个人住一间屋子，其实睡不了几个小时，早上五点多就被外面满天的乌鸦吵醒了，起床走去车站，立刻坐车去了博克拉[1]。

尼泊尔给我的第一印象真的很一般。

在我的视野里，这个国家的确非常破旧贫穷，感觉堪比中国最穷的时候。从加德满都坐车去博克拉要八个小时，从早晨一直坐到晚上，一路上除了睡觉没什么乐趣。当所有的行程结束之后再回顾这一段经历，我已经完全不记得当时在车上的情形是怎样的，看到的风景又是怎样的了。

只记得路上遇到一对夫妇，他们说十几年前，他们

[1] 博克拉，尼泊尔最负盛名的风景地。

去墨西哥旅行，因为害怕喝当地的水会导致拉肚子，又买不到饮用水，所以就用可乐刷牙……我笑了很久。

中途停站的站台有卖咖喱角的，没看见餐具，所以我第一次用手抓着吃。现在想起来，当时还没生病，对南亚的食物还没有深恶痛绝，第一次用手吃东西，真是太难得了。没有冰冷的刀叉，在舌头接触食物之前用手感受食物的温度和触感，很不一样。

到了博克拉，我们没订住宿的地方，一帮司机呼啦啦地就围了上来，实在没法分辨他们究竟是好意还是骗人，但是看在五百尼泊尔卢比[1]一晚上的分儿上，我们还是跟着去了皇家客栈（Royal）。

在博克拉的第一天，我们啥也不懂，就只能瞎晃，先去月舞餐厅（Moondance Restaurant）吃了一餐，然后决定第二天徒步去布恩山（Poonhill）。虽然还不知道线路，但是毛巾总该买一条，其他装备没有的话总该借一借吧。

这个世界上，很多事情大概都是命中注定的。博克拉的第一晚，在皇家客栈遇到阳光大叔，在我看来就是命

[1] 五百尼泊尔卢比，约合人民币三十元。

运的相遇啊！阳光大叔是国内第一批开青年旅社的驴友，在驴友圈子里也很有名。他在西藏的樟木和云南的元阳各开了一家青旅，现在打算把青旅开出国门，在博克拉也开一家。阳光大叔在尼泊尔住了大半年了，简直都快成为博克拉的“地头蛇”了。我们坐在一起喝酒聊天，说到徒步的事，因为我水壶、登山杖、睡袋什么的都没带，阳光大叔就一并借给了我。第二天早上，他还带我们去费瓦湖（Phewa Lake）边一个又便宜又漂亮的地方吃了早餐。

走过湖边的青草地，翻墙，过桥，不由得感叹费瓦湖的宁静和美丽。因为我带的装备实在太糟糕，甚至连长裤也没带一条，所以决定还是不要挑战自己，乖乖去走布恩山小环线吧！我们办了进山证，就这样雄赳赳、气昂昂地上路了。

冒雨徒步布恩山

徒步第一天。

和路上遇到的每个人说一声“你好”和一声“加油”。

时间过得蛮快的，因为是从下午两点多才开始走，所以没走多久天就黑了。四点半，天开始下雨，我们只好在离原定地点还蛮远的一个小村子住下。

修行的体力实在需要多加练习，仅仅是两小时的徒步，他就气喘吁吁了，所以此后我不仅是导游和翻译，还是某种程度上的“背夫”……徒步线上所有的饭馆的食物全都是一模一样的！那时我还觉得水果燕麦还蛮好吃，奶茶也还蛮好喝的，殊不知，过几天就彻底悲剧了！

好吧，回到现实，徒步线上的住宿都是无敌便宜，基本相当于一晚上人民币八元，只有吃的东西有点儿贵，而且单调。我们随便吃了点儿东西，然后就盯着厨房的人，他们慢慢地烧柴火，慢慢地煮开一壶水，才可以洗澡。我们已经走了很久，全身都是汗，黏黏的，很不舒服，有洗澡水的地方真像天堂一样。

天黑得很早，七点钟就夜幕降临了。我觉得反正也没事做，不如睡觉好了。

我正迷迷糊糊地躺在床上，楼下忽然开始放印度神曲，而且越放声音越大，这简直不让人睡了嘛！于是，我披上衣服下楼了。原来是一群徒步的人和背夫在一起跳舞。我穿着睡衣，披着冲锋衣，在外面看了一会儿，忽然觉得，在这山上孤独寂寞的夜晚，不做点儿疯狂的事情默默去睡觉实在有违我疯癫的个性，于是我把冲锋衣一丢，便进去跟他们一起跳起舞来。我们围着圈，唱着根本不知道是什么语言的歌。

不知道就不知道吧，只要微笑、转圈，就足够了。

徒步的第二天一定要早起床，因为要赶到制高点哥瑞帕里（Gorepani）去，得走八个小时的路。虽然在大学的时候，我经常晚上跑五公里、十公里，但是爬山什么的，还是略感吃不消啊！而且修行的体力明显比我还差，他只走了两小时就要靠喝红牛撑着了。我们都大汗淋漓，便找了个小村子休息了一下。没办法，休息完了还是要继续上路。

一路攀爬着无穷无尽的向上向上向上的台阶，看着走在身边累得快要死了的修行，我突发奇想，要跟他换包背。他的包明显比我的要重一些，我一个人拎着单反，背着男人的大包走在前面，自己都有点儿佩服自己：以这样的英雄主义、纯爷们儿心态看，我注定是要单身一辈子了!

尼泊尔这个时候已经接近雨季，天空总是阴沉沉的，一到下午就开始飘雨点。我们躲了走，走了又躲，觉得这路绵延得没有尽头似的。走到一半，遇上一个人来尼泊尔徒步的女生圆圆，她雇了一个背夫，因此我们开始搭伴一起走。

道路又湿又滑，我们满身大汗，走到一半时，雨下得太大，我们再也撑不住了，只能坐在一个村子里喝茶。眼看到了下午四点半，雨仍然没有停的意思，但是我下定了决心，死也要死在哥瑞帕里。于是，我们冒着雨就上路了。

现在想起来，那段路真的挺折磨人的。大雨，不透气的山寨冲锋衣，沉沉的背包，每一样都让人难以忍受。明明外面是如此的凉爽，甚至还有点儿冷，可冲锋衣里面却闷热得让人大汗淋漓。我们不能停下来，一定要走下去，不然天黑了会更加悲惨。

就这样，折腾了差不多两个小时，路上的花越来越多，哥瑞帕里就在眼前了。但是背夫说他要带我们去住一个更好的地方，因此还要翻过一个山头，我们又跟着他折腾。就在我们筋疲力尽、快要晕倒的时候，他终于停在一个旅馆门前。进门看见眼前的一切，我们立刻就不累了，走这么远，值得，所有的辛苦都值得了！

住下来之后，寒冷的夜晚该如何度过呢？

修行和圆圆在厨房煮了面条吃，我洗了个澡，去火边坐着，把衣服烤干。圆圆的背夫叫Ganga，我们叫他尴尬大叔。其实我们语言不是很通，聊的也都是无聊的日常话题，但坐在火堆边，看他们煮东西吃，总觉得特别温暖和舒适。尴尬大叔喝米酒时，问我要不要来一口。果然，在这种冷冰冰的地方，就是要喝点儿酒暖一暖胃的。

山上的夜晚好冷好冷，睡袋正好派上用场。喝了酒之后，我们早早就睡了。

因为第二天还有更大的计划——去布恩山看日出。

在喜马拉雅看日出

凌晨四点半，尴尬大叔就来敲门叫我们起床。

圆圆因为身体不舒服，决定不去看日出，像我这种纯爷们儿，没有身体不舒服的时候（仅限尼泊尔），就挣扎着爬起来，披着睡袋跟大叔出了门。

雨已经停了，天空中有一点儿散碎的星光，上山的路上星星点点的，全是早起的人们的头灯。大家都默默地往山顶走，整条路上听到的都是喘气声，很少有人说话。

因为没有吃饭，我走了一会儿，就觉得血糖低，快要走不动了，但我还硬撑着，虽然感觉自己都快晕倒了，一边走还一边给旁边的人打气。爬到布恩山的山顶其实只要一个小时，但在我没吃饭的情况下，就像是爬了几年一样。唯一的安慰，是不远处的鱼尾峰一直在身后默默地陪伴着。天幕从暗蓝色一直变幻到浅蓝，周围的雪山慢慢地揭开面纱，路也能看清楚了。山路上很冷，我又是里面流汗外面冰凉，但是当我看到日照金山和远方那一大片云海，便觉得这些辛苦都是值得的。

整个山顶上都是人，大家疯狂地拍照，谋杀各类胶卷。过了不到一小时，几乎所有人都开始下山了。因为决定在哥瑞帕里多待一天，所以我并没有停下拍太多照。小小的镜头装不下雪山的美丽，只有装得下世界的心才可以容纳它。

下山之后，有一整天时间在哥瑞帕里无所事事，同伴教尼泊尔人打牌，尴尬大叔老爱耍赖，其他人“牌品”虽然不错，他却总是一根筋，所以还是一直输。我坐在火炉边打瞌睡，认识了扎西。他真是一个很特别的男生，其他人都在打牌、聊天的时候，只有他在一旁的椅子上默默地学德语。他是生在尼泊尔的藏族人，在印度生活过七年，因此会说藏语、尼泊尔语、印地语、不丹语，英语也说得很流利，现在还在自学德语。我一向对会说多种语言的人非常崇拜，而且多种文化的融合使扎西有一种特别的气质。我们交谈甚欢，他邀请我去加德满都参加尼历新年，说有巨大的花车游行。

在哥瑞帕里，最应该做的事，就是无所事事地看雪山，看一树一树的花。如果吃的没有那么单调，在这里度过余生感觉也没什么不好。这里的食物真是太让人头疼了，菜谱上从来都只有那几样，进了厨房，除了土豆、洋葱、番茄、面粉、鸡蛋、鸡肉，就没有其他东西了，我总不能顿顿吃土豆炖鸡块和番茄炒蛋吧！幸好只是几天，我忍了！从那个时候开始，我就已经不喜欢南亚的各种饼了。晚饭时，我自己下厨烙了一张饼，受到了整间旅馆里旅伴的欢迎，尽管尼泊尔男人很害羞，给他们吃的时候他们并不吃，但是我一转身，他们就抢了起来，这种假矜持还真是有趣哪！

又是早上四点起来爬布恩山，昨天还说累死了，再也不爬了，但早上还是乖乖起来决定再爬一次。后来才意识到，这次若是没有去，我肯定会后悔死了。

一样的星光，一样的寒风，不一样的是，太阳出来以后忽然升起大雾，路都看不清楚了。我们连滚带爬地往回走，走到一半，一阵风吹来，雾就散了，眼前忽然出现好大一片金黄金黄的草坡，远处是雪山和数不清的花，于是，我忘了疲惫和饥饿，冲向了草坡……

之后，我们就告别了哥瑞帕里，开始走向塔达帕里（Tadapani），一路上海拔下降了六百米，我们一直在走下坡阶梯，走到快要崩溃。还好我买了护膝，不然我可怜的膝盖一定会撑不住。其实徒步并没什么惊心动魄的时刻，大部分时间都在默默赶路，偶尔抬头看风景，赞叹一阵，又重新上路。

每天固定的风景，就是一路陪伴我们的雪山和下午的大雨。因为我们根本不想走那么快，所以有些人两天就能完成的线路，我们几乎走了六天。抵达塔达帕里后，因为害怕下午的阵雨，我们便在一个小村庄稍做停留。由于实在不想吃尼泊尔人做的尼餐，我们便决定自己做菜吃。尽管食材还是那几样，但是在门口摘的花菜新鲜清甜，再蒸一个姜葱鸡，忽然就让人怀念起中国的味道。

伴着山里不停的大雨和指甲那么大的冰雹，我们和刚认识的香港女生坐在餐厅里，美美地吃起自己做的菜。暴雨和冰雹把村子里的花菜都打得像筛子，怪不得这里的菜这么贵。

徒步的最后一天，我们绕着山走了又走，雪山渐渐离开视野，景色开始变得平常，没什么特别好看的东西了。没有走安娜普娜大本营（Annapurna Base Camp）和珠峰大本营（Everest Base Camp），其实我并没有感到遗憾。因为我几乎没有带任何有用的装备，勉强自己不太现实，不如回国健身两年，等有体力了再去吧。

Chapter 1

瞬间穿越到2069年

回到博克拉，我最想做的一件事就是上网，然后就是洗澡！总感觉在山上没有好好地洗澡，晚上去喜马拉雅牛排店吃半生不熟的水牛肉牛排。在山上吃的东西太单调，下了山要好好补一补。

修行走之前，阳光大叔带我们到了一个比费瓦湖更平静和美丽的湖边吃炸鱼。尼泊尔很小，这里的中国人大部分都是互相认识的，如果你在这里待一星期以上，就可能认识所有人，他们是一群“神人”，阳光是其中最“神”的那一个。我虽然叫他“大叔”，但其实他只有四十来岁，因为保养得好，看上去甚至像三十出头的男人。跟他坐在一起聊了一上午，聊起他的人生，我真的觉得我们这些人过的都是什么无聊到弱爆了的日子啊！阳光大叔四处游历，闪婚，诞下爱女，还打算带着闺女一起环游世界……男人就是要过这样的生活才不后悔啊！

湖边是一个半岛，远处是疗养院，背面是一片一片的田野，风吹得让人舒服得不能再舒服了，尽管我来的时候在沼泽里弄了一身泥，不过感觉一点儿都不介意了。

在博克拉，大部分人住在旅游区，其实真正应该探索的是当地人的集市。尤其是在用三元人民币买了两个大花菜之后，我真心觉得太值了，卖花菜的母女穷得甚至没有秤砣，只好用石头当秤砣。之后，我又在集市花五元人民币买了一双网上差不多卖七元的拖鞋；和纱丽店的老板连比带画、狠狠杀价，最后差不多花了人民币八十五元买了纱丽，看老板为难的样子，觉得自己占了他们很多便宜（其实印度更便宜）。

阳光大叔买了新鲜的鱼回来做给我们吃，夜晚过得很愉快。还是中国菜给力，在南亚这样的地方，尼国菜只有一种，就是达巴（Dal Bhat）：炖土豆、咸味的绿豆汤，再加上一些“不明真相”的剁碎的蔬菜和米饭的组合。第一次吃的时候还觉得美味，吃了三天就无法容忍，因为全都是一样的味道！而且作为南方人，敢问绿豆汤这种东西不都是甜的吗！咸的很奇怪好吗？！

我每天在博克拉做的事，就是无所事事。别人去哪儿我就去哪儿，因此，阳光大叔去跟尼泊尔人谈租房子的事情，我也就跟着去。他们谈的时候，我真心觉得尼泊尔人对金钱的概念没有中国人那么明晰，在他们看来，就是想要“收回很大一笔钱”，但是这笔钱究竟是多少，他们也是乱开价。于是，我们就走了，留给他们慢慢去想。

在博克拉晃着晃着，就到了2069年。

没错，是尼历新年的2069年。在过年这天，我拿到了定做的纱丽，看上去是粉红色、轻薄透光的漂亮东西，可一穿上立马就感受到南亚女人的悲苦啊！穿着这样一件衣服，只能迈着小碎步走路，简直就跟以前裹脚的中国女人一样。而且因为是一整块布缠在身上，走路的时候总怕踩到裙角导致整块布掉下来。穿着纱丽是露腰的，有一种特别清凉的感觉，可太阳一落山，就容易冻着了。

穿着纱丽走在博克拉大街上，作为一个外国人，自己都觉得怪怪的。我一路走，一路接受所有人的注目礼和赞美，有时候恨不得捂住脸快点儿跑掉算了，但是又根本迈不开步，只能继续一点儿、一点儿地挪动。

尼泊尔的节日太多，所以新年并不是一个特别隆重的节日。尤其是在博克拉，人们仅仅是搭建了一个游乐场，卖一些坑爹的食物。进了游乐园就更让人无语了，为什么摩天轮是柴油机发动的！还是挂挡的！速度堪比过山车！我从来没见过转得这么快的摩天轮，难道摩天轮不应该是浪漫地坐着、慢慢地看夜景的吗？这么快是要闹哪样啊！旁边的海盗船更是奇葩，完全没有安全措施，来游玩的尼泊尔人都疯了，他们居然直接爬到桅杆上，一点儿也不怕摔下来！

我们逛了一圈，买了比萨和啤酒回去，等待倒数，迎接新年。

2069年就这么到了，我七十九岁了，从二十二岁到七十九岁的这些年，我是如何度过的呢？有没有环游世界？有没有在最美丽的时光经历最美好的一切呢？当我七十九岁的时候回忆我的青春时代，有没有自豪地淡淡一笑呢？

加德满都的尘世邂逅

从博克拉一路颠簸八小时，我们回到加德满都，住在龙游旅店，打算慢慢去发现这个城市的美丽。

加德满都的早晨一直都神秘莫测，空气中充斥着咖喱、蔬菜、水果、狗屎、汗液、花朵、砖墙、奶茶、沸油等混合的味道。我走路去杜巴广场[1]，穿行在大街小巷看众生之相——穿纱丽的女人，上学的少年，卖菜的小贩，礼佛的老人……我仔细捕捉他们每个人脸上的表情，感受浮世中一丝安然的气息。

那是一种很难言说的感受，存在于每一粒飘浮在空气中的尘埃里。无论是小广场上喧嚣的自行车、小贩、花朵、狗，还是放学回家在夕阳里穿过矮门的孩童；无论是靠着古旧的墙壁贩卖蔬菜的妇人，还是晨光、夕阳、佛堂的铃声、礼佛归来的人头上的花朵，都让人有一种在尘世中观望的感受。

有时候置身事外，坐在墙根下，看着面前的狗发呆，千年如一瞬，一瞬如千年。有时候，穿着纱丽走在这样的路上，额头上点着绛红的tika[2]，仿佛就要融进这时光、这繁复的古雕花窗里。

---

[1] 杜巴广场，意为皇宫广场。在加德满都河谷的三个古城（加德满都、帕坦和巴德岗）中各有一个杜巴广场。

[2] tika，尼泊尔人的前额上常点着的浓浓一团红色的印记。

小饭馆里没有灯，打开蒸笼，拨十个水牛肉蒸饺到用树叶压制的碗里，蘸着咖喱酱放进嘴里，每一个毛孔里都溢满加德满都的味道。

我本来想走去尼泊尔大使馆的，可惜实在不认识路，也没有地图，只能乘出租车去。穿纱丽最麻烦的就是——车门永远都会夹到它！站起来和坐下去的时候，一不小心就扯开了，还得重新穿。尼泊尔司机的车技让人叹为观止，在不知道够不够车宽的小巷里，保持高速、横冲直撞，根本就不怕撞到人，吓得我一身冷汗。

我花了三千尼泊尔卢比，延了尼泊尔签证，又打车去印度大使馆办印度签证。一进印度大使馆，就看到旁边有几个中国女生和一个中国男生，我定睛一看，天哪，这不就是我高中的学长么！这世界小得太令人惊讶了！

我上前搭讪，才发现学长就住在龙游旅店对面，彻底震惊了！学长当年就以全校第一风云人物闻名遐迩，无数学长、学弟拜倒在他那张娇俏的小脸儿下。这位传说中的人物，当年我一直耳闻，却从未有机会打交道，这次竟然在印度遇上了！这缘分绝对是非同小可！

中午一起和学长在泰米尔区吃了兰州黄河拉面，跟国内价格比，实在是太便宜了，味道也很好。遇见学长之后，我们聊了一下，发现大家的行程都差不多，而且都穷得要死。我非常愿意和学长一起旅行，因为学长不喜欢女生，一方面防狼效果良好，一方面自身安全也有保障。跟他睡一个房间、一张床，甚至当着他的面换衣服都完全没有问题。

于是，第二天我就和学长一起去了巴德岗[1]。

[1] 巴德岗，位于尼泊尔首都加德满都以东十四公里，为加德满都谷地三大城市之一。

从那以后/我可能一生都见不到P了
这样也好/直到忘却为止
让彼此的记忆永远停留在少年时代

四月微凉的巴德岗黄昏

Chapter 2

Attractive

Chapter 2

Attractive

第二章

宛若少女的心动邂逅

古城遭遇性骚扰

巴德岗古城让人惊叹的是一种时光之美。

一进到古城，就能感受到时间呼啸而过的痕迹。我和学长在古城里转悠，买了一大桶新鲜的酸奶。然而，想找的住处全都很贵，我们只好走到古城外。路边有一个小哥，我们问他附近有没有什么住的地方，本没抱什么希望，没想到他竟然就是开旅馆的。经过一番讨价还价，我们以每人人民币十一块五的价格拿下了一个小房间，真是便宜！

安顿好住宿、喝饱酸奶之后，我们开始逛古城。巴德岗简直是为摄影而生的城市，每一个角落，每一个人的表情都是一幅画，一切的一切都这么自然、不造作，带着淡淡的线香味道和生活气息，谋杀了我们无数胶卷。

我最喜欢街边的一个小庙，据说进去了只能顺时针走，庙里石狮子的眼神很特别，鸽子咕咕叫，偶尔有当地人进来，敲一下墙壁上的铃铛。我们坐在草垫子上，听清脆的响声，看墙壁上从来都不会眨眼的佛像。午后，学长回去补觉，我一个人背着包、扛着相机逛古城，顺便找了间裁缝店做南亚服饰。

我在城内的裁缝店里没看到喜欢的颜色，便走到城外。几乎到了路的尽头，尘土也吸得差不多了，才远远看见街角有一家。我进去翻了翻，还真有一眼就喜欢上的布料。这是蓝色向橙色的渐变色，薄薄的纱质，我当下决定，就是它了！帮我量身的小姑娘一丝不苟地记下了所有的尺寸。人民币四十四元一套，过一天来拿就可以了。拥有一套南亚衣服，忽然就成了我心中萌生的少女般的愿望，真希望时间快一点儿过啊！

我在城外晃了一大圈，觉得景色太农村化，跟城内没法比，而且除了水牛肉饺子之外也没有什么零食吃，便只好又回城，来到市中心的杜巴广场。

这里的人不是一般的多，广场中心庙前的阶梯上，人们从台阶底坐到台阶顶，我也坐上去凑热闹。举目望去，只看到满街都是人，大家都抻着脖子往一个方向看。等了十几分钟，却仍只看见人群，于是，我决定走上前去一探究竟。

人越走越多，越走越挤，一路上不断有年轻男人搭讪，我都装聋作哑不理他们。挤到中间，才发现是在拔河。整条街上挤满了男人，中间是一辆木头做的大车，车上系了一条粗粗的麻绳，两边的男人在拼命地扯。由于人太多挤不到跟前，我就跟着当地妇女抄小道绕到拔河队伍的前面去。穿过无数的小巷小门，我终于走到前方，站在马路边看拔河。路上依然还是人挤人，我忽然发现，自己竟然成了整条街上唯一的女性！周围一个纱丽的影子都没有！女人们全都在街边建筑的楼顶上看拔河！

人群涌动之中，我注意到有个穿黄衣、戴眼镜的男人一直往我旁边凑，不由得抱紧了背包。紧张地等待了差不多有十分钟，大车终于越来越靠近了，路上的人全都开始往大车前进的方向冲。我想，自己反正站在马路牙子上，应该不会有什么危险，就站着没走。两边的男人们在疯狂地使劲儿和喊口号，眼看着那辆大车开始往我这边冲了，周围的人已经跑得没剩几个，身旁的人忙着跟我打手势，扯着我跑，这时我才发现情况有点儿诡异，就被推搡着往前跑。紧接着便听到一声巨响，回头一看，那辆大车已经撞上了我刚刚站的马路牙子，真的是千钧一发！

我正暗叫谢天谢地，忽然发现自己现在的处境并没有比刚刚好多少，混乱之中，我被挤到了男人堆里，那个黄衣眼镜男也跟了上来，而且完全没有要保护我的意思。过了几秒钟，我就感觉被人捏了一下腰，又被狠狠掐了一下屁股，然后就有越来越多的小动作开始往我身上招呼。当时，我身上背着装单反相机的包，必须要用两只手护着，不然很容易被人一把就扯走，但是我护住了相机包就护不了自己的胸腰臀了。我一时有点儿慌神，但太挤了，一下子又走不出去，便只能顺着人流的方向挤来挤去，被人占便宜。

我第一次感受到南亚男人保守的外表下隐藏的饥渴，他们的手法真是又狠又准，让人无法招架！

意外上演英雄救美

当我被困在人群中的时候，忽然有人抓住了我的手，用一股很大的力气把我使劲儿往一个方向扯。我以为又是性骚扰，可手却被钳着没法挣脱，只能被他拖扯着，心想，难道是遇到终极性骚扰了么！

这时，夜幕开始降临了，光线渐渐变暗，周围的男人太多，我也看不清那个人是谁。过了一阵子，他又被挤到我身后，我感觉到他伸出双臂护着我的两边，同时把我往人群外推。这时，我才意识到是有人在帮我了。在他的帮助下，我几分钟就挤出了满是男人的街道，也没再被捏屁股、掐腰。当我回过神来，想要感谢救我的这位英雄时，我忽然发现，天哪！英雄，你可是我见过的最帅的尼泊尔男人了！没有之一！

就这样，在巴德岗的黄昏里，我抱着包，一副惊魂未定的样子，头发被挤得乱七八糟，大脑一片混乱，遇见了我的英雄Parash（后面就简称他为P吧）。他穿着简单的蓝色衬衫，睁大眼睛看着我，因为刚刚挤了半天，他脸上还有几缕汗湿的头发。他先是训斥我怎么这么不自觉，参加这种男人的游戏，然后问我有没有受伤什么的。可那时我脑子里只有一句话，不由得脱口而出："我饿了。"

他"扑哧"一声笑了出来，拉着我去喝奶茶。跟在他后面，穿行在入夜的巴德岗，没有灯的每条路我都走得很安心。他告诉我这是"过年七天乐"的一部分，两边的男人拔河，赢的一方将在下一年有好运气。所有的女人都站在楼上看，当他看到整条街上只有我一个女生时，就放下绳子冲过来保护我了。喝着甜甜的奶茶，我觉得P真是又帅又可爱，而且还很有责任心，重点是英语也超级好，我们可以很顺利地交流，一点儿也没障碍。喝完奶茶，他说带我去吃传统的纽瓦力族菜，我就又跟在他身后穿过大街小巷，窥看巴德岗几乎没有灯的夜生活。P说他不饿，就坐在我面前看着我吃。

现在，关于食物，我只记得大概是干麦片和土豆炖牛肉什么的，但是有一件事情我还很清楚地记得，就是他坐在我面前，眼睛里反射着夜晚湖水和星辰的光芒，我就呆呆地边看着他的眼睛边吃，食物是什么味道，我一点儿也没尝出来。

吃完晚饭，我带他回旅店见学长，他一听说学长喜欢男生就特别紧张，我说你放心好啦，学长不会强来的，而且学长一看就比较柔弱，肯定不如你块头大。但他还是一脸惊恐。

到了旅店后，我们三个一直聊了很久很久，P说这间旅店是他兄弟开的。巴德岗很小，他的兄弟真多呀！他慢慢地变得没那么惊恐了，因为学长确实没有吃了他。其实我和学长也长见识了，因为在人均工资五百块钱的尼泊尔，竟然还有P这样的用苹果手机的“高富帅”！简直就相当于在国内用纬图（Vertu，一款奢侈手机）了！土豪啊！

传说中的被高富帅英雄救美的情节原来真的会出现啊！只可惜，高富帅是尼泊尔标准的高富帅，而我在南亚的风沙里，早就翻滚得一点儿也不美了。

巴德岗的四月物语

第二天清晨，依然是逛古城，喝酸奶。用小小的陶瓷碗装的酸奶无限美好，即使每天的预算只有三十元人民币，但看到酸奶我还是会立刻下手！

巴德岗古城里永远不缺的是满满的阳光，通常是金黄色的，仿佛每一片砖瓦都镀着金边。晨光中，人们开始活动，屠牛的男人、礼佛的信众、坐在墙根打瞌睡的老人们是不变的风景。有时候也会和羊群狭路相逢，我走着走着就想，在羊的眼里，人类是怎样的呢？巴德岗是怎样的呢？看它们那不屑的眼神，应该是觉得人类是不可理解的生物吧！无论怎么说，吃草才是第一要务嘛！咩……

午饭后，P才回我的短信，说可以带我们去附近的湖边逛逛。P果然是夜间型帅哥，因为晚上光线很暗，看不清他的肤色，只能看清他一双漂亮的大眼睛，所以就觉得他特别好看。白天见到他，眼睛还是那么好看，但是肤色就比较像“少年包青天”了……

古城外面有几个连在一起的四四方方的湖，我们就这么在大太阳下绕着湖走，也不怕晒黑。走着走着，P问我们要不要吃有代表性的纽瓦力菜，他对本族食物还真是热衷呢！

于是，P带着我们回到前一天曾经去过的，有特别眼神的石狮子小庙，原来小庙与外面相通的隔间，有一个大娘在烙饼。那是一种绿豆面做的饼，放了鸡蛋，蛮松软。烙饼的大娘在我们点了饼之后，仍然不紧不慢地哄了一会儿孩子才开火热锅，不知道等了多久，我们才吃到饼。

不过这里是尼泊尔，步履匆匆有什么意义呢？尽情

享受等待的美好吧！

聊天中，我们得知P是当地乐队成员，再一看他手机里的唱歌视频，真是帅爆了！于是，我们强烈要求他拿吉他来我们旅店一起唱歌。真感谢遇到了他，让我的旅程增加了这么多的欢乐。

那天下午，他抱着吉他坐在床边，唱自己作词作曲的尼语歌，歌声如何我不记得了，只记得他唱歌的表情真好看。我在旁边拍手，看着他和学长合唱。学长一副好嗓子，加上P的吉他，开心得我左摇右摆的。整个下午，在简陋的小旅馆里听着美妙的和声，窗外有鸽子飞过，有时有车经过，有时有人语声。每当歌声停下来的时候，我都会想起《情人》里面的一些场景，尽管越南远不如这里美好。

一直到夕阳西下，阳光照在古老的街道每一颗扬起的尘土上，P放下吉他，在露台上和我一起远眺地平线，他的长睫毛闪了很久。

晚上，我们三人一起去昨天喝奶茶的地方吃汉堡，P说是他兄弟开的店，于是，本来已经极度便宜的价格，他们又打了折。那兄弟一个月赚四千元人民币，在当地已经是高帅富阶层了。P有一辆看起来超级帅的摩托车，他开着它风驰电掣般地带着学长去买拖鞋，吓得学长一身冷汗。

饭后，整个巴德岗又停电了，P在中间，左手牵着我，右手牵着学长，我们就这样一起走在黑灯瞎火的杜巴广场。然后沿着漆黑的小径一起走去湖边，坐着看星光投影在湖面上。我们并没有聊什么特别的，我却觉得非常非常的幸福，就那样呆坐着不动，也可以幸福感满溢的。我和学长两个人都很喜欢P，这种事情真是奇妙！

之后又转场回到旅店，P就坐在我面前，抱着吉他弹起 *I believe*《我相信》，前奏一响起，我就觉得心都化了，完蛋了，我简直回到了十六岁……

然而你知道，结局肯定不是我嫁到了巴德岗，然后每天过着洗衣服、喝酸奶，像油画一样的生活。我不仅是女人，也是旅人。就像隼不会轻易降落在某个地方，只会在巴德岗的上空盘旋，俯瞰这座城市一样。

巴德岗处处存在着时光之痕，又处处在洪流中不染纤尘。那旧房子、旧墙壁、旧水井、旧陶器、旧时光、旧朋友，都一一收在心里。我会记得那汽车经过时带起来的漫天尘土；记得一起跑过的石板路；记得拿着大陶罐装水的女人；记得在窗口唱诗的老爷爷；记得小庙里清脆的铃铛声；记得纽瓦力大婶厨房里的油烟味；记得把我拽出人群的那双手……

从那以后，我可能一生都见不到P了，这样也好，直到忘却为止。让彼此的记忆永远停留在少年时代，四月微凉的巴德岗黄昏。

蓝毗尼[1]的云淡风轻

有些故事留在昨天，有些故事会在今天上演。

巴德岗又开始新的一天，早上，我跟学长忐忑不安地打电话给印度大使馆。我坐在学长对面看着他的表情，开心得快要迸出泪花。几天以来，忐忑不安地寻找

[1] 蓝毗尼位于尼泊尔南部，距加德满都约360公里，是世界著名的佛教圣地。

后路的心情终于结束了，我们两个人的签证都通过了，可以去印度了！我们面对面傻笑个不停，还买了酸奶回来庆祝。我去裁缝店拿了kulta[1]回来穿，但是始终没法下定决心花二十块钱买那条配套的围巾。

P的电话一直打不通，我和学长一起回到加德满都。或许，不当面说再见也是一种好的选择吧。

说到加德满都的神人，来过的人应该都认得住在青旅的拖拖，没错，就是那个一分钱没带就来了尼泊尔，待了两个月，倒赚了几千块钱回去的男生。拖拖说他的英语一点儿也不好。尽管我并不太赞成这种旅行方式，但是拖拖的经历足以告诉一些人，如果真的想去旅行，金钱和英语都不是问题。人活着不是生下来就等着赚钱养老的，如果年轻的时候不做自己真正想做的事情，恐怕一辈子都会空留遗憾。即使房子再大、有再多金砖银瓦，但如果这不是你真正想要的，那么生活依然不幸福。或许，年轻时流浪几年，会背上不务正业的名声，但什么是正业？人终归是自私的动物，大多数人选择一

---

[1] Kulta，一种印度传统服饰。

种不咸不淡的生活，只是为了迎合社会的期待，不务正业或是只务正业，不都是为了自己吗？

拿印度签证简直就是在玩眼神游戏，还没到印度就已经体会到印度人的极品。办事员坐在窗口里，不说话、也不按号码叫人，而是用他那双滴溜溜的眼珠子盯着全场人看，全场人也只能盯着他的眼睛看。他翻开一本护照，开始用目光寻找护照的主人，找到了就用眼神示意一下。但是众所周知，护照的照片跟本人还是有差距的，而且光用眼睛看，谁知道他在看谁。于是，经常是他一眼扫过去，一排人站起来，然后他再慢慢示意其他人坐下，继续用眼珠子叫人。回忆起来，我都觉得很不可思议，我当时是怎么能看出他是在用眼珠子叫谁的，这也太抽象了！

印度签证到手，整个大使馆里都有一股欢欣鼓舞的气氛。有个丹麦的妹子，几乎是快要跳起来，拿着护照一路小跑，蹦蹦跳跳地离开大使馆。我问她去过印度几次，她说十几次吧，还神采飞扬地说要再去一次印度。印度真的有这么大的魅力？竟然让这个妹子如此的痴迷，我们都很不解。

尽管很想念二十五卢比一杯的超好喝的果仁酸奶，还有杜巴广场后面很好吃的牛肉饺子，我还是跟学长背着大包，飞速从泰米尔区一直往汽车站走，我们要坐一整晚当地巴士去蓝毗尼。现在想起来，真佩服自己坐夜班巴士的能力，这种难受的事情在亚洲旅行的时候几乎每周都要经历好几次。尤其是南亚的夜班巴士，又脏又乱，空间又小，每次坐完都觉得脏得想把自己扔掉。尼泊尔的巴士虽然比起印度好了那么一点点，但是可怕之处在于车顶堆满了大白菜，天才蒙蒙亮，就在某个不知名的地方卸货卸了差不多一小时，男人们在车顶“咚咚”地走，把一麻袋又一麻袋的大白菜往车下扔，等得不耐烦又不能催。最后，终于全身满是汗和泥，到了蓝毗尼的韩国寺。真的很庆幸遇到了学长，不然我根本不知道怎么去巴德岗，也不知道怎么去蓝毗尼，更不知道怎么才能在一晚没睡好、累得要死的情况下，在一片荒草路中找到韩国寺。

韩国寺提供几乎免费的食宿，每天只用交三百尼泊尔卢比。这里没有任何华丽的东西，包括寺庙主殿，一切都是灰色调的，朴素典雅。相比一路之隔的中华寺，韩国寺的质朴和中华寺的红墙绿瓦形成了强烈的对比。守门人把我安排在二楼的僧房，洗完澡，我把衣服也都洗了，终于觉得自己活过来了一些。

夜奔六公里的告别

韩国寺里总是很安静，每个人都在静静地做自己的事情，点上一炷线香，抄写经书或者读书。很难描述这种纯粹的感觉。比如，光脚踩着水泥地走进僧房，只有风扇在头顶微微作响，一切都是水泥色的。在浴室里放上一大盆水，舀起一勺，闭上眼睛浇下来，沾湿头发和脸庞。窗户洒进阳光和树影，水珠闪着晶亮的光泽从睫毛上滴下，我才发现自己已经很久没有对生活有如此细微的感受了，就像另外一个我站在旁边注视着现在的自己一样，每一个微小的动作，每一寸肌肉的运动都被注视着。

在韩国寺，我每天都感受着一种极纯粹的生活。

早上四点多，寺庙的木鱼声开始响起，有和尚在大殿门口敲着木鱼来来回回地走。我摸索着起床，所有人在星星即将落下的暗夜中，朝大殿灯火的方向默默地走去，然后各自拿好垫子坐下。五点钟，早课开始，大殿中回荡着悠扬的诵经声，烛光闪闪地跳动，心情愈发平静。诵完经去食堂用早膳，然后用一整天的时间对着门前的菩提树叶发呆，听着沙沙的响声，关闭一切思考，仅仅感受时光流逝的声音，宇宙在大脑中回响。

晚饭后，遇到一个厄瓜多尔的男生，他周游世界，会七种语言，用中文跟我聊了两个小时的天，虽然腔调上还是有点儿怪怪的，但要是让我用英文跟他聊两小时我都不一定能说得下去。他说，他的父母认为工作会给他带来太多的压力，会埋没他的天赋。因此，他周游世界，学习各种语言，父母全程支持，他自己不工作、不赚钱。这世界真是什么奇人都有！！当我问到他学语言的秘诀时，他说秘诀就是“不上网，不交女朋友”。我旅程中最受触动的就是这句话，因为我把太多的时间浪费在毫无意义的社交网络上，如果把这些时间用来学习，几年后，我一定可以变成和现在不一样的人！我决定以后要少用社交网络，把更多的时间用来学习。

日子平静地过去，第二天下午，我遇到一个波兰的哥们儿。当时，我正坐在他的僧房门前发呆，他拿给我一本翻译成英文的藏医书看，然后下楼装了一碗大麦茶，端上来给我喝。我和学长都很惊讶，他怎么忽然无端端对我这么好？然后，我们继续发呆，直到晚饭时间。我只是听着叶子的沙沙声，然后看乌鸦在天上飞，又停在树上，有一只缺了一条腿的乌鸦，也跟着蹦蹦跳跳。灰色的大殿站在那里看着这世间，那只乌鸦，那棵树，还有发呆发到失去表情和语言的我们。时间沉重安静地碾过，这样的日子纯得不像曾经在我身上发生过。

傍晚，学长拉着我说要去看落日，于是，三天以来，我第一次走出庙门，沿着寺庙旁边荒凉的路一直走一直走，看平原上的日落。风不停地把头发吹乱，我不断地拢头发。通常情况下，路上是荒无人烟的，我们就一直走，夕阳在路边不断地下沉，走到吃饭的地方时天色已经暗了下来。学长说蓝毗尼地区是四方形的，也就是说，绕一圈我们还可以回到原点。于是，我想也没想就傻傻地跟着学长走。

天渐渐黑了，路上一盏灯也没有，只能靠几分钟才能出现一次的车灯照亮马路。走到一半，出现了一个类似图书馆的地方，而当我们走近的时候，图书馆的灯忽然一下子全都灭了！简直是吓死爹呀！图书馆管理员像《名侦探柯南》里“图书馆杀人事件”中的人物一样地走到门口，告诉我们要回到韩国寺还是得走原路回去。但我们仍然觉得走一圈能绕回去，便没有听管理员的话。

路上一片寂静，偶尔能听到狐狸叫，阴森森的。我们继续走啊走啊，才发现彻底迷路了。我想起之前在菲律宾看萤火虫划船的夜晚，觉得在蓝毗尼迷路也是难得的一种经历，尽管几乎走了六公里没灯的夜路，好在和学长一直聊重口味的话题才没有感到害怕。在尼泊尔的最后一个晚上这样度过，总觉得峰回路转得有点儿可笑，又有点儿不真实。最后，我们走到一个似乎是锯木头做家具的地方，就问路人要怎样才能回去，他们说十分钟后会有末班巴士经过。谢天谢地，我们搭上了末班巴士，到了蓝毗尼的外围，最后又沿着路灯下一片寂静的路回到寺庙。学长把这一夜称之为“与学妹的夜奔”，而我其实快吓死了。

天亮后，我们前往尼泊尔边境的小城苏诺里，没有任何夸张的仪式和紧张的心情，我们就这样去了印度。

人死了都是一样的

所以我活着的时候/一定要活得不一样

因为活着的时光不过百年

然而你会死很久很久

直到时间的尽头

Chapter 3

Eternal

Chapter 3

Eternal

第三章

初入印度看恒河烧尸

初次见识印度的奇葩车站

印度和尼泊尔的边境很随意，如果不是需要找移民局盖章，直接走过去了都没人注意到。一路尘土飞扬，都是大货车排队停在那里。尼泊尔这边的大叔给我们盖了章，印度那边的大叔又给我们盖了章，等等，怎么印度这边完全没看到换外汇的地方呢？问盖章的大叔，他大手往对面一指，我们心里无比忐忑，但还是遵照指示，越过边境走回尼泊尔换汇，把身上的尼泊尔卢比全都换成印度卢比，再回到印度这边，相当于一天来了两次印度。

从边境的情况看来，我们并没发现印度有什么极品的，不禁略感失望。本以为越过边境就是另外一个世界了，会有无限的文化震惊什么的，可实际上却什么也没有。满街都是纱丽店，一样的破烂和闷热，我们就这样坐上了从边境城市苏诺里去中转站戈勒克布尔的汽车。

没有看过攻略，没有任何人告诉我印度是怎样的，对印度的地理、历史、人文，我几乎没有任何了解，仅仅得到过在尼泊尔蓝毗尼遇到的一位哥哥的建议，他推荐我在瓦拉纳西住久美子客栈。我们不知道怎样从戈勒克布尔去瓦拉纳西，而且在尼泊尔我已经把正常人穿的衣服几乎都扔掉了，只剩一件纱丽、一件kulta和一件T恤，我们就这样一无所有、一无所知地往印度冲。

一坐上车，我立刻体会到了印度的极品。这车也太挤了吧，天气又热，我跟学长两个人被挤在一个人的座位上，我的腿则完全被埋没在旁边大娘的纱丽底下。然而，不幸的是，我旁边就是发动机，因此在两个小时的行进过程中，我的腿一直处于被纱丽当锅盖盖着、焖得快要熟了的状态。有时候，我觉得是不是掀开她的纱丽，我的腿就焖得可以吃了！

热得受不了，但是又挤得动不了，我背后的车窗玻璃脏得不行，阳光毫无保留地洒在背上。要知道，我的印度衣服背后的领子开得不是一般的大，这次肯定要晒出个大月牙来了，以后不妨叫我“背后包青天”。旁边的阿姨一手抱着一个孩子、一手拉着另一个孩子，小点儿的那个孩子看起来还不会走路。让我惊讶的是，她拿出了一瓶可口可乐给小一点儿的孩子喝，那孩子抓着瓶子喝得很开心，喝完又给大一点儿的孩子喝。我心里暗叹：印度人真是开挂，我们喝奶的年龄，人家就喝可乐了！也不怕血糖过高！阿姨旁边的女孩，显然就是刚结婚不久的小媳妇，手上的海娜[1]画得那叫一个复杂，她裹了一身红纱丽，各种珠光宝气，可是不知道为什么我

[1] 海娜，印度女性在婚礼上绘到身上的文身。

就是感觉这些首饰都是假的。

折腾了一上午，终于在中午到了戈勒克布尔，我的耐心都要被磨没了。一下车，阳光更是肆无忌惮地照在身上，我立刻去旁边的火车站里问去瓦拉纳西的火车票，这是我第一次进印度的火车站，没有任何心理准备。火车站立刻就吓到了我，当时我就脱口而出，我×，这是什么鬼地方啊，怎么地上到处都坐满了人啊！还有，怎么会有牛在站台里走？每走一步都要踩到人，简直让人寸步难行。我完全不能理解印度人的衣服是有多脏，穿着鲜艳的纱丽就直接坐在火车站的地上，难道不用洗衣服，不怕会弄脏吗？难道站着等车会死吗？为什么所有人都不分场合地坐在任何一个地方！由于我还背着包，所以烦躁感立刻更升一级，直接想从这群人身上踩过去算了。我告诉自己一定要保持理智，不能刚到印度就发疯，不能发疯，不能发疯……但是，谁能告诉我去哪儿买票啊！！每个窗口都排着长龙，一排队我就烦闷，尤其是在这样走一步都能踩到人的环境里。最后，我好不容易挤到窗口了，里面的人丢出来一句话：“去瓦拉纳西的火车今天下午四点才开！”

这时才中午十二点，让我在这样的地方等四个小时，不如杀了我吧！即使不杀了我，我也会被牛踩死、被纱丽大妈挤死、被天气热死的！我跟学长说，我们还是去坐巴士吧。于是，我们走出火车站问如何坐巴士。问了几个人，我又想咆哮了，是谁跟我说过印度人都讲英语的啊！我所问的印度人，全都说得不清不楚，都说巴士站在前面。可是到底在前面多少公里的地方啊？为什么怎么走都走不到？

我还是受不了这样的天气，热浪滚滚，路上全是巴士，到处都是废气。反正十二点了，我跟学长说我们还是先吃个午餐再走吧。

路边到处是做印度菜的小店，我们在滚滚的热浪和滚滚的灰尘中随便找了一家店，赶完满桌子的苍蝇，在脏得全是不明物体的桌子边，吃完一盘不知道是什么东西做的午餐。虽然很没胃口，但是吃完午餐，我觉得心情平复了很多，之后，又有无数次我发现其实很多时候我心情低落是因为饿了，让我吃饱了我心情就好了。吃货在印度，真心伤不起……

Chapter 3

硬妹子模式吓坏车夫

吃完午饭，我们决定还是坐辆人力车去巴士站。人力车夫满口答应说五十印度卢比到巴士站，我吃完饭以后，心情还蛮好的，觉得看看路边的风景也不错，五十卢比也还算是个合理的价格。到了巴士站，我递了一张一百印度卢比的票子过去，车夫完全没有要找钱的意思，我说你找钱啊！这时候，他就装聋作哑，假装听不懂我说什么了。如果是在瓦拉纳西，我肯定早就一巴掌打过去了，但是这时候，我还没有从尼泊尔的“软妹子模式”里调整过来，就只朝着他大吼说湿婆会惩罚你的。显然，这句话的震慑力实在不够，他继续耍无赖，不找钱给我，甚至直接将脸朝旁边一转不理我了。我心想，反正五十印度卢比也不是什么大数目，而且万一去瓦拉纳西的车开走了就得不偿失了，还是算了吧。于是，我只好气呼呼地转身走了，便宜这个被湿婆惩罚的浑蛋了。

坐在去瓦拉纳西的车上，我越想越气，以后肯定还会遇到更多这样的情况。不行，这里是印度了，我不能做软妹子了！要把自己调整为“硬妹模式”！于是，我就变形金刚变身，亚古兽进化，皮卡丘跳出精灵球，柯南喝白酒变身工藤新一了！我心里的疯子开始咆哮：老娘再也不是软妹子了！再也不玩小清新了！哦哈哈哈哈哈哈哈！！！尽管我在车上表面上看没啥变化，但是内心已经开始召唤铁甲硬妹上身！

但是，我很快发现这样也没用，因为印度当地的巴士会让再硬的妹子也无限蛋疼。本来没多远的路程，从下午两点一直坐到晚上九点才到——七个小时。天气这么热，在脏得看不出颜色的巴士上，椅子脏得不成样子；坐垫都是破的、黑的；满地都是垃圾，前后左右的人把食物残渣随便扔在地上；再加上无数人踩来踩去，地上无数黑漆漆的“不明物”……一瓶冰水过几分钟就变成热水，而变成了热水我就不想再喝，抱着贴在身上都觉得热。外面的热风吹进来，带的都是土，渐渐地，我觉得脖子、脸和胳膊上都可以搓出泥来。但是，巴士就是这样不紧不慢地开着，路绵绵不断，总看不到尽头。

最恶心的是，坐在前排的女人往外吐痰，因为巴士太破，窗户都不见了，总感觉她吐痰的时候会有不明液体飘到我脸上。好吧，我抹掉，就当是下雨了。破巴士偶尔会在路边稍停一下，滚滚灰尘中，有一堆小贩在路边卖削好的黄瓜，还有柠檬水，我当时竟然脑抽了，去买了一杯柠檬水喝，现在想起来真是不怕死。那个看不出颜色的玻璃杯显然没洗过，水没烧过，是直接从瓦罐里舀出来的，撒一堆胡椒到水里，再用一个小工具“嘭”地一声压碎一个柠檬，把柠檬汁挤进水里，就这么拿过去喝了，五毛钱一杯。妈呀！喝了确定不会立刻拉肚子到死或者招寄生虫吗？我竟然喝了！！！

在巴士上坐着坐着，我就睡着了，醒来时发现已经天黑了。隔一条过道的旁边坐着一个男的，一直像个二货一样盯着我看，一动不动地盯着，盯得我全身发毛。我不理他，但是他就像被固定在那里一样，一直盯着我，过了半小时，我觉得，这样不行啊！他盯着我我怎么可以输给他？于是我开始对他吐舌头，没想到毫无效果，我又换成做鬼脸，还是没效果！我想这样不行啊！我要出撒手锏了！于是，我就假装挖鼻孔，然后挖完舔一下手指，结果竟然还是毫！无！效！果！他还是直勾勾盯着我看，眼睛都不眨一下……我忽然感觉自己就是个彻头彻尾的撸瑟[1]！纯在耍猴给他看了！再做什么夸张的事情也是自取其辱了！对这样的人还是不理他算了。这个二货在继续盯了我两小时后，终于下车了，他走的时候我简直要烧香、磕头、鞠躬了！拥有这种可怕的毅力，他为什么不去跑马拉松，用来赚钱也足够成为百万富翁了，何必坐在一辆破巴士上，盯着一个女生看几小时呢？这是我遇到的第一个神经病阿三，此后每天都遇到千千万万，没法一一列举了。

晃了七个小时，到瓦拉纳西的时候，我已经快疯掉了。汽车站外面又是一圈人力车夫和三轮车司机，跟一个人力车夫谈好了价钱，五十印度卢比到主石阶码头（Main Ghat）的久美子客栈。又是五十，为了防止被坑，一坐上人力车，我就像忘了吃药的狂躁症患者

[1] 撸瑟，loser的音译，失败者的意思。

一样对车夫大吼："You should drive us directly to Main Ghat, or I'll fucking kill you!"（给爷直接开去主石阶码头，不然削你丫的！）车夫唯唯诺诺，我最讨厌这种态度！果然到一半，他开始向我们推荐其他地方，我又是一番大吼，他吓得只有点头说是。相同的戏码又上演几次，车夫已经被我吓得再也不敢多说什么，哪怕中途他其实并不知道路，要去问路，也被我大吼说问快一点儿，别磨磨蹭蹭。

学长在旁边都被我的硬妹风范吓了一跳，但是我没办法，在瓦拉纳西这种欺软怕硬的地方，你不厉害就会被坑，还是主动一点儿，先给他个下马威再说。不然，大半夜的，人都要累死了，一不小心被车夫拉去莫名其妙的地方，再被坑了钱，我就真的要疯了！车夫骑到主石阶码头，我给他刚刚好五十卢比，绝对不能让他再找钱。他本想再多说什么，我一个眼神就把他吓回去了。过了一会儿，看他在街边跟其他车夫聊天，估计是在吐槽今天这位蛮横的客户和根本骗不到钱的悲惨遭遇吧！

最恐怖的客栈

我们并不知道久美子客栈在哪里，只好走进小巷问路，每个人都说在前面、在前面。第一次接触瓦拉纳西，巷子里灯光是红色的，地上几乎铺满了牛粪，每走一步都会踩到，而且苍蝇也实在太多了吧！走几步就有苍蝇撞在脸上和身上，因为数量太多，实在是飞不开，躲不掉人类只能撞上了！

跌跌撞撞地经历了无数个“五分钟后就到”，久美子客栈终于就在眼前了。前台的日印混血小哥说六十印度卢比一个晚上，也就是人民币七块五，绝对是我人生住过的除沙发客外最便宜的地方了！小哥带着我们又绕过几个全是牛粪的门洞，进了一处房子，然后指着窄窄的、黑漆漆的楼梯说：“上去吧。”

这里就是我和学长今晚要休息的地方了。楼梯窄得背着包都差点儿过不去，久美子老奶奶和老爷爷在一楼黑洞洞的沙发上坐着看电视，老奶奶好像是穿着白色的睡裙，老爷爷像个幽灵一样半躺着。原来，不是所有传奇的爱情故事都有一个“王子公主式”的结局。据说，几十年前，日本女孩久美子来到瓦拉纳西，爱上了一个男人，就嫁给他，并在这里开了这样一间客栈。可岁月的风尘掩埋了一切，我再也看不见当年清丽的日本少女的身影，剩下的只有炎热的房间和臃肿衰老的身体，连爱情是否发生都无从考据。

上到三楼，我已经满身大汗，脏得什么也顾不得了，只要有个地方给我洗澡就行了。于是，我就把包随便丢在屋子里，直接去洗澡。二楼洗澡的地方是个又小又脏的小房间，地上很多“大黑”爬来爬去。进到洗澡间，根本找不到可以放衣服的地方，到处都是湿漉漉的，沾着各种不明污渍，水管里的水也奇奇怪怪，时有时无。我迅速洗完，终于感到凉爽了一点儿，擦着滴水的头发上了三楼。

这时，我才有时间仔细端详这个房间。原来，屋子里感觉这么热，不是因为我刚从外面跑进来，而是因为屋子里的温度本来就比外面高好几度，应该是在三十七度到四十度之间吧！三楼就是我们住的男女混住宿舍，打通的有三间房，共同点就是里面的床都脏得让人不想坐在上面。其实也不能叫作床，就是随便丢在地板上一些脏得看不清图案的床垫子，上面有很多被烟头烫坏的小洞，里面的黑心棉直往外翻，到处是爬来爬去的蚂蚁。

墙壁上到处都是诡异的涂鸦。不得不承认，有些真的画得很有水平，但是也有些三俗的、不入流的比如抽大麻的淫乱派对什么的画。书架上全是日文书，跟目光平齐的那层主要是各种不良少年极恶犯罪、恐怖传说、鬼故事之类的书，下面一层更是五花八门，让人哭笑不得，主要是一些魔术秘法、成仙指南，还有日本邪教的宣传册子，口味重得真让人不禁大呼“卧了个槽”。

窗户是监狱式的铁栅栏，看出去是路灯下黑漆漆的恒河和河上的船。我忽然觉得很想笑，竟然找了这样一个极品地方，住一晚人生都圆满了。屋子里还住着一些日本的妹子和汉子，估计他们也热得受不了了，都在天台聊天不肯下来。还有一个波兰的汉子，睡在我旁边的床上，我问他到瓦拉纳西多久了，他说两周了，一直都住在久美子，我不得不对这种耐热人种另眼相看。在我们热得说话都不自在的时候，他竟然在昏暗的灯光下悠闲地看小说，真是心静自然凉啊！

我和学长的精神都快被摧垮了，没心情再聊什么，在蚂蚁爬来爬去的床上铺上薄薄的信封式睡袋，我就在半梦半醒间迷迷糊糊地睡着了。

早上应该才五点多我就醒来了，因为实在是热得再也睡不着了，同屋的人几乎都还在呼呼大睡，我只有表示他们跟印度人一样是开挂的。走上屋顶，发现一个日本哥哥已经坐在那里了，风还算清凉，太阳正从恒河的对岸升起，我竟然就这样误打误撞地看到了恒河日出。恒河的日出真的是在瓦拉纳西不得不看的风景。久美子客栈占着河边这样一个好位置，提供这么便宜的床位，如果你无视其他事，真的会觉得这个地方很美好，适合天天住下去。

叫醒学长后，我们去吃在印度的第一顿早饭，街边有类似于煎饼果子的饼，不过上面撒的是洋葱和番茄碎，吃起来有点儿酸酸的，但绝对不难吃。再喝上一小杯奶茶，只有这样的时刻才会觉得瓦拉纳西还是很美好的。什么？你看到做煎饼的大叔摸了钱又去摸黄油，摸了黄油又去摸煎饼，摸完煎饼再去摸钱？忘了吧，这里是印度，他没用牛粪擦盘子已经是对你极大的尊重了。

看到很多人都往一个小巷子里走，我们就跟着走进去。红色脚底、红色发际线的女子们端着花去礼佛，街边卖槟榔的人很多，一路上熙熙攘攘的，我们努力侧过身子，以免撞到人或者牛。人们在路边卖一些加了玫瑰花瓣的白色液体，因为搞不清楚是酸奶还是石灰乳，所以我们都不敢问价格。我慢慢发现，放在盆里有一层皮的才是真正的酸奶，于是买了一杯喝。瓦拉纳西的灰尘真是多，喝到嘴里都有沙子硌牙。这种甜品制作的过程是从盆里舀出几块固体的酸奶，加一大堆糖还有冰，放在一个壶里面拿棍子搅。仔细想来，每个环节都很不卫生，算了，让我食物中毒而死吧！真受不了这地方了！

走着走着，我们就到了河边，开始接受印度人最诚挚的问候，也就是每个人必问的那句“Where are you from? Japan? Korea? ”（朋友，你从哪里来？日本？韩国？）你再等下去，就没下文了！拜托！亚洲脸不是只有日本和韩国人才有的！你就不能多一个中国选项么！于是，我说我来自中国，他们又开始了无穷无尽的“おはよう、안녕하세요、你好、hello……”问几次我就烦了，再听见“おはよう”我就说“sawadeeka”，他们要花三秒钟的时间才反应过来，说“Aha! Thai! ”

（啊，是泰国人啊！）然后，他们就可以闭嘴了，因为他们除了“sawadeeka”不会说其他的泰语。

这显然是一个防止整天被阿三缠着的好方式，尤其是瓦拉纳西的阿三，就跟死都不肯签离婚协议的前妻一样难缠，他们好像不用做其他事情一样，每天待在恒河边上见到游客就说废话。其实不过是想拉游客去坐他们家的船，然后乱收费坑钱，不用说，我都知道他们的伎俩。我显然是没钱坐船，何况这种天气，船上连个篷子也没有，到时候会直接在船上被晒成烤鱼干吧。

瓦拉纳西围观烧尸

走着走着，我们就闻到肉香了，尽管我从来没做过任何关于瓦拉纳西的功课，但一看那架势，就知道前面是烧尸场了。其实，严肃地说，是没有肉香的，都是烤煳了的味道。这种重口味的东西，吾辈作为伪小清新，是一定要去围观的。

还没等走近呢，一群大叔就抬着一个用白布包着、撒满了花的东西，一边喊口号念经什么的，一边经过我们，然后把那东西浸到恒河里又抬上来，就那么随意地放在路边。我看见白布被掀开了一点儿，露出一位老者的脸。周围到处扔着往生者闪亮亮的寿衣和花，牛和羊在烤得要命的火旁边吃那些花。

烧尸体的人们正大汗淋漓地将助燃粉末一把一把地往往生者的遗体上撒，等到尸体差不多烧成灰，工作人员便把火扑灭，在灰堆里翻出一些烧焦的骨头，钳着扔进恒河里。还有把骨灰装着在恒河里筛的，我不知道在筛什么，舍利子么？感觉他们不是在干这晦气的活儿，而是街边烤羊肉串的普通人，这番景象看得我和学长瞠目结舌。周围一圈圈的骗子围上来，各种求捐赠骗钱，我们理都不理他们，看了一会儿，就决定还是回去吧！

沿着河往久美子客栈走，一路上，一堆人拿出手机来拍我们，刚开始觉得不理他们就可以了，无奈后来越来越多。于是，我们想出了一个办法，就是拿手机拍回去，或者直接伸手找拍照的人要钱。这招非常管用，一旦开始要钱，很多人就不敢拍了。

久美子客栈肯定是住不下去了，我宁愿露宿街头也不想再回到那奇热无比的监狱房子。可是连续找了好几家旅社，条件虽然比久美子客栈好，但是也没好到哪里去。即使住在一楼也闷热得要死，根本就别指望有空调，价钱也偏贵。或者就是狭小的双人间，没有交流的气氛，这样让我跟学长在小小的双人间里待着，多无聊啊！根本就住不下去。

然而，踏破铁鞋无觅处，最后我们竟然在久美子旁边找到一家叫OM的招待所，环境还可以。我们忙不迭地搬到OM，这里在瓦拉纳西绝对是难得的又干净、又整洁的地方，进去是要脱鞋的。旅馆小哥把地板擦得一尘不染，又白又干净，里面也是一种窗明几净的感觉。旅馆里住了很多日韩盲流，还看见吴苏媚留下的书了。

一进OM，就看见一个妹子和一个汉子歪在沙发上。一看那汉子就知道是韩国人，上去搭讪才知道，妹子竟然是中国人。于是，我就这样认识了已经环了东南亚快三个月的Vicky（后文简称V）。V跟我走的路线相反，她是从泰国、马来西亚一路到斯里兰卡、印度，晒了一身小麦色的皮肤。V跟我一样也是大四学生，很难看到广东女生能玩得这么野。到了这里之后，我和学长很快就要分别了，学长要去加尔各答[1]做一个月的义工，而我还想多走些地方看看印度。于是，我决定过几天和V一起去克久拉霍[2]。

在瓦拉纳西这种可怕的卫生条件下，看着满街全是煮的不知道是什么的咖喱糊糊和油炸食品，我真是吃不下。V妹子买了一些菜冻在冰箱里，于是，我下厨炒了一个番茄炒蛋和一盘茄子。印度的锅啊、油啊都不是中国的东西，真难用，连炒菜都困难，要炖煮煲汤更是没可能。吃完饭，我无所事事，但是绝对不想在瓦拉纳西的中午出门晃，实在是热得你心都碎掉！出门花两分钟买瓶水已经是我的极限了，不明白为什么瓦拉纳西的人和牛都可以在如此炎热的天气下生活得优哉游哉的，果然是开挂的印度人！

下午，我洗了个澡，顺便把衣服也洗了，然后穿着睡衣走上天台。天台上根本不能光脚走路，简直像走在火炭上，滴在地上的水几秒钟就蒸发了，我在太阳底下抖了五分钟衣服，衣服就干了！已经热到让人惊讶了！

---

［1］加尔各答，是印度西孟加拉邦首府。

［2］克久拉霍，印度中央邦城市，在印度的寺庙建筑上始终保持着独一无二的地位。

毒辣辣的太阳照着恒河，只剩烧尸体的人们还在不知疲倦地忙碌着……

OM的接待小哥是一个南亚帅哥，长着一张很有轮廓的精致的脸。OM里面住的几乎全是韩国人，炎热的下午，他们一起打鼓唱歌，小哥明显是看上了其中一个韩国妹子，两个人不时打打闹闹，但妹子应该是不喜欢南亚口味的，所以都不主动找他。

学长的魅力丝毫不输那普普通通的韩国妹子！在南亚生存几个月，他依旧保持娇嫩的皮肤，这吹弹可破的肌肤绝对是他的撒手锏，无数人曾经拜倒在他的“石榴裤”下。我跟他一起住了一个星期，每次看到他早上睡醒揉眼睛的动作、趴着睡时露出的一大片白嫩的美背和娇俏的小脸，都要感叹——这个妖孽！

学长明显是对接待小哥有意思，他总用那如水般的大眼睛瞟帅哥，可帅哥总是瞟韩国妹子，这一出心碎的闹剧要怎么收场才好！看学长的意思，加尔各答他也没那么快去了，肯定是要在瓦拉纳西多待几天钓帅哥的，我也不好留下来坏他的好事了。有时候觉得跟学长这样的人一起旅行有点儿诡异的地方，就是实际上他是会跟你抢男人的。比如在尼泊尔的Parash，我们走的时候，我感觉Parash的性取向根基已经开始动摇了。这次，南亚小哥，就看你的定力了！还好我不喜欢这种类型的！

饮下这杯恒河水

傍晚，我们出门去火车站买票，主石阶码头的街道上处处都是奇景。比如，拿巨大一口锅炸一些吃的，卖相糟糕到不行；还有那些巨甜无比的甜食，甜度直逼人类承受极限！就是半个我都吃不下，印度人居然一斤一斤地买！比如，明明四十多度的天气，为什么街边的酸奶一盆盆都完全没坏掉？慢着！酸了是不是就是坏掉了！比如，牛真的自在到让人叹为观止的程度了！它们在街上走或者是占地方就不说了，竟然会自己躺在街边的店面里。小小的店面里，硕大一头牛悠然自得地躺在里面，谁也进不去、谁也出不来，印度人竟然也就坐在那里看着，没人赶那头牛，这是不要做生意了还是要怎样！

Chapter 3

出了主石阶码头，一群车夫围上来叽叽喳喳，恨不得立刻就把我们扯上车，不得不挨个儿骂他们一遍他们才肯闭嘴。学长说，不如我们试着走去火车站。结果，走了半小时我们就要疯了！瓦拉纳西满街都乱七八糟，各种各样的人、牛、马，毫无交通规则地乱走，三轮车、人力车、摩托车、汽车都在比赛鸣喇叭，看谁更能把你吵到精神失常。每走几步就会被突然出现的各种东西险些撞到，或者就直接被牛尾巴扫了。

值得庆幸的是，我一路喝了无数的酸奶，都蛮好喝的，唯一让人觉得难以接受的，就是酸奶都是用一次性的陶罐装的，很明显，陶罐一出窑就坐着牛车、垫着稻草运到酸奶店，然后直接装了酸奶给人喝，喝完打碎它。这个流程看来很正常吧……正常你妹呀！难道就没有洗陶罐这个步骤吗？陶罐里都是土好吗！算了，还是喝了吧，心在滴血……

我们实在受不了可怕的路况，只好坐了三轮车去火车站。一路上，烟尘滚滚，不用吸烟都可以瞬间得肺病，不得不用围巾把口鼻都捂住。原来，印度女人都围围巾是这个用处，妙哉妙哉，白天挡太阳，晚上还可以防沙尘。

瓦拉纳西火车站有外国人订票办公室，吹着空调还蛮舒服的。我顺利订到了票，可是后来才发现，这是我在印度第一次也是最后一次订到火车票，之后所有的火车，我全都是要么没地方睡、要么逃了票。作为唯一一次安安分分订到票，还真是好难得呢！

买完火车票，也没什么特别的事情要做。晚上我们再次走很远的路去看烧尸，路上不断惊叹各种印度极品。到处是随地而睡的人，即使吵得要命，光线很强，他们也能睡着。还有悠闲地在恒河边上吃饭的人，手黑漆漆的，没洗过就开吃。各种牛啊、羊啊，跟人一起坐在河边，在热得要死的糟糕环境里，优哉游哉。最极品的就是，这边在烧尸体，那边在游泳和喝水，我只有目瞪口呆的份儿！V妹子在河边看烧尸，还帮忙烧尸烧了快两小时，我和学长受不了那滚滚热浪，就先撤离了。没想到，V妹子这一烧就又烧了三小时，旅社关门了也没见她回来。我们都慌了，没她电话，晚上河边乱七八糟，要是她遇到危险了，被扔进河里都没人知道。但是，我们又不敢出去找她，只能先睡觉，希望第二天早上起来能看见她活着睡在身边！

早上起来，看到V妹子果然还活着，她还激动地分享了昨晚帮人烧尸的经历，我们都目瞪口呆。吃完早餐，去西联换汇，店主大叔是整个瓦拉纳西难得的好心人，愿意帮我换掉尼泊尔卢比，就是汇率略坑爹。还没开始换呢，刚聊几句，他就说要先回家拜神，真诡异，竟然还有先回家拜神这种选项么！不用做生意了么？他邀请我跟他一起回家拜神，我就跟着去了。

大叔带我在小巷里七弯八拐，到了一间民居，里面一个人也没有，接着他又带我走进一个人也没有的小黑屋，打开了灯。要是其他女生，应该被吓得半死，觉得要被他非礼了吧，可是不知道为什么，我完全没有害怕的意思，他也没有加害我的意思。

这间小黑屋其实是他的佛龛，里面供着好几个塑像，有猴子脸的、人身大象脸的，总之就是在印度经常见到的那几个神，他很认真地跟我讲解各种神，可惜我一个也没听懂。接着，他拿起勺子，从一个小杯子里舀水，洒满整个房间，顺便也洒在我身上。

当我问到这是什么水时，他带着非常自豪的微笑说："来自恒河。"大叔继续敲铃铛，耐心地换神龛里的花，换完开始念经。我实在是坐立不安，跟着念我又不会，不跟着念我又不知道做什么好，幸好大叔发慈悲，念了几句就放我回去了。走出大叔莫名其妙的屋子，方向感超差的我迷路了大半个小时，才在瓦拉纳西充满牛粪、迷宫一样的小巷里找到西联。

OM里面有很多住客的留言，其中有一句让我印象深刻，大意是，在这里多住几天可以好好享受瓦拉纳西的宁静。我真想把丫抓出来抽丫的，问他到底宁静在哪里啊？！到了印度，就别装小清新了，瓦拉纳西简直就是背包客的终极重口味体验，而且到处都不是一般的吵闹，就连最应该安静的凌晨时刻，也会有一群狗在河边因为抢地盘打起来，发出各种悲鸣。

为了迎合这种重口味趋势，下午我又跟V妹子去河边看烧尸，本来已经去过两次了，不想再看的，但是仔细想想，我只是看到了"有尸体在那里烧"，却没从头到尾地观赏一遍，总觉得还是有点儿不够。

于是，我们俩下午三点，热得要死，走去河边看烧尸。路上讨论出，其实在瓦拉纳西，不管你住多高级的宾馆，都不能避免接触到烧死的这些人的骨灰。因为骨灰是撒在恒河里的，虽然恒河的水你没喝到，但是宾馆里洗床单肯定用的是恒河水呀！而且烧尸体的时候，很多烟升起来，随着空气流动到瓦拉纳西的各个角落，或许你每说一句话，死人的骨灰都会随着空气跑到你嘴里……莫名其妙地觉得心理平衡了很多，真是变态的想法！

在河边，一个骗子过来给我们讲解，不知道为什么，在烧尸的地方遇到的人都不怎么正常。这个骗子长着僵尸一样的指甲，弓腰驼背，身上有种死人的气质，说每一句话的语气都阴森森的，我要是年纪再小点儿，他一开口我就吓哭了。

没说几句，他就开始朝我们要捐款，真的不明白看个烧尸体要捐什么款，人都死了还捐给谁啊？这个疯子看我们没兴趣捐款，又问我们要不要去旁边的楼顶拍照，因为烧尸台的旁边不可以拍照。这架势肯定又是想坑钱，既然人家都说了不可以拍照，我想不到为啥一定要拍，不尊重别人的文化。于是，我们俩就都不理他，专心看尸体被烧。看着看着，觉得人生不过就这么回事儿，一旦死了，哪怕是在圣河边上神圣地死去，被神圣地烧掉，也是这样平平淡淡，最后变成烤焦的肉，变成烧焦的骨头，被扔到河里去。

人死了都是一样的，所以我活着的时候，一定要活得不一样，因为活着的时光不过百年，然而你会死很久很久，直到时间的尽头。

一辆三轮车载九个人?

不知道为什么，去火车站或者飞机场总是急匆匆的，本来想从主石阶码头拼车去火车站，可惜一出门就有一群坑爹的人像苍蝇一样呼啦啦围了上来，吵得我大喊："闭嘴！"然后从人群中挤出来跑掉。

但是，跑掉容易打车难啊！跑了之后，我才发现没有车可以坐了，沿街走了快半小时，眼看就要迟到了，终于找到一辆可以拼车的三轮车去火车站。

如果此时有《国家地理》杂志的摄影师在旁边，那他一定会毫不犹豫地拿起相机拍下这纯印度风情的一幕！一般我们都认为，这种三轮车是坐两个人的，也就是司机在前面开，两个乘客坐在后面的椅子上。如果有行李的话，还有点儿挤，但这辆牛×的三轮车上，竟然载了九！个！人！

两个人搂着司机的脖子，半悬空状地坐在司机的两边；后面的椅子上两个人的位置坐了四个人，竟然坐了四个人！苦的是我和V，作为四个人中多出来的那两个人，只能背着自己的背包，几乎吊在正坐在椅子上那两个人的两边。留给我们的位置也就十厘米，我的屁股不管有多小也不会有地方坐。我们俩旁边分别有一个人在车的侧面挂着，三轮车的后篷上又挂着一个人，就这样，加上三轮车司机，一共十个人。我们就这样，不知死活、严重超载地坐在这辆可能是靠神的力量才能开走的三轮车上。

每到转弯或者路面不平的时候，我必须紧紧抓住车上的栏杆，不然分分钟就会被甩出去。不幸的是，整条路都是转弯或颠簸！即使不被甩出去，情况也没好多少，因为我们相当于在车的外面坐着，路上的牛尾巴时时刻刻都会扫到我们，尘土多得要死，但是我们根本腾不出手来拿围巾捂住口鼻。一路上，乱七八糟的，与各种马车、牛车、骆驼车惊险擦过，最后，终于灰头土脸地到了火车站。虽然就花了人民币一块五，价格超便宜，可是一路上也是真坑爹呀！以后再也不敢跟印度人拼车了！之前在杂志上看到的吊在车外面那不可思议的画面，真正发生在自己身上才能体会那生命中不能承受之痛！

在印度，最安定的一夜是在从瓦拉纳西到克久拉霍的火车上。人没有那么多，周围都是鬼佬（广东话，外国人），没人坐在我床沿打扰我睡眠，也没人半夜说我没票占铺位敲醒我。虽然印度火车的无空调卧铺车厢（SL）的床实在称不上是床，可以说就是个座位，但是这里是印度，就不要纠结到处都是灰尘和没枕头什么的了。

一上车，周围就有小贩兜售水果，据说全印度的香蕉公平价就是二十卢比四个。其实，我们也只能吃香蕉了，因为小贩卖的葡萄都脏得不像话，所有葡萄的茎上面都停满了苍蝇，拿起一串葡萄就有一群苍蝇飞起来，算了，即使你洗干净喂我，我也吃不下去！

枕着包睡了一夜，早上六点多，到了克久拉霍火车站，这无疑是我最喜欢的火车站，因为有一个宽大的VIP

女性休息室，而且没人把守，里面又干净、又清爽，最大的福利是有浴室可以洗澡，我跟V都开心到不行。我们本来打算等八点钟购票处开门后，先买好晚上去阿格拉[1]的火车票，就不在克久拉霍过夜了。谁知洗完澡才发现，晚上根本没有火车去那里了，再三考虑，我们只好在克久拉霍住一晚。

我们没做功课也没有《孤独星球》，不知道住哪里，就直接跟三轮小哥说带我们去两个人一百五十印度卢比可以住下的地方。小哥一张年轻农村车夫的脸，却有一双特别的棕色眼睛，他说带我们去他朋友的店，叫Casa de William。那是一个很漂亮的客栈，有很多花的干净房子，还有个能看见东边寺庙的天台，房间也不错。最好的是我们真的讲价讲到了一百五十印度卢比，大概是人民币十八块钱，不要太便宜了！前台小哥对我们非常热情。他说自己是孤儿，被美国人收养，所以变身高帅富什么的。我已经习惯了印度人的吹牛，所以都没怎么听进去。

[1] 阿格拉，印度北方邦西南部历史名城，水陆交通中心。

两个小哥带我和V去吃早餐，也就是外面的小市场路边卖的饼和酸奶，总感觉酸奶没有瓦拉纳西的新鲜，而且糖放了太多，都不酸了。烙饼还可以，可是V吃不下，只有我吃了。吃完后，两个小哥说带我们去欣赏田园风光，就开上三轮车去了某处农家。克久拉霍的路上，到处都是野猪和牛，有些路很窄，一头牛挡在中间就挡住了所有人的去路。车夫小哥拍一拍牛脖子，牛便稍微让出一点儿地方让三轮车过去，我笑到不行。

到了农田，两个小哥跳下旁边的河游泳去了，我和V不想游泳，就坐在树下的阴凉处休息。

印度的农村跟中国的差不多，到处是金黄的麦子，农夫头上顶着一捆巨大的麦子走来走去。一头黑山羊在我们旁边爬上树吃叶子。前台小哥游泳回来后，上树摘杧果，说带回家做沙拉，用根本没熟的青杧果做沙拉，多酸啊！不堪设想！

中午，车夫小哥说请我们回家吃饭，第一次探访印度的家庭，我非常激动。他家只有一层楼，是座涂成蓝色的房子，家里的人都很热情，小孩子在院子里跑来跑去。车夫小哥的哥哥长得超帅！简直是好莱坞演员的标准！比车夫小哥帅多了！！怎么同是一家人，长相可以差这么远？我要是导演，一定把哥哥挖走做演员！可惜他生在农家，长得再帅也只能耕田……

除了帅哥之外，其余的都乏善可陈，因为他们家里的人全都不会说英语，我们只好坐在床上，傻笑着等开饭。吃的东西全是碳水化合物，没什么蔬菜。首先是一种介于米饭和粥之间的甜味食物，真是难吃得让人叹为观止，我无论如何想表示友好也吃不下去。其次是万年不变的印度薄饼和洋葱，一点儿菜也没有，吃完满嘴洋葱味！我们只好不断微笑，以保持友好的外国友人姿态，还好小哥没让我们待多久就把我们拉回客栈休息，打算下午去看西边的寺庙。

克久拉霍最著名的、也是唯一可看的就是Kama Sutra，说直白一点儿，就是有性爱雕像的庙宇，还有一本有名的《爱经》，简单来说就是一本古代小黄书。因此，这里全城的人也跟Kama Sutra一样，咸咸湿湿（广东话，色迷迷、淫秽之意），尤其是每进一个庙宇，就会有一些人出来讲解，一般都是一些色老头儿，引着我们去看最咸湿的雕刻，还不断称赞："少年！好体位！”“来，我们再看下一个不可思议的体位。”“来看，这个是咬，这个用手，这个难度最大，女方手倒立；这个猎奇，是人和马……”我心里不断说我了个×再我了个大×，印度人一般不都是很保守的么，果然克久拉霍就是开放。

一位大叔继续带着咸湿的表情说：“性也是生活的一部分，不要回避，我们应该享受……”大叔你说得是没错，但是你这样在大庭广众之下用一种猥琐的眼神看着我说，我不回避都难啊！再说了，像人和马这么重口味的，要我怎么不回避！要我怎么直视西游记！总觉得这根本就是大叔在只能看、不能吃的情况下产生的一种言语性骚扰。烦死了，又是性骚扰！大叔呀大叔，你能不能放我们外国女生一马？这时候我才觉得，还是不懂英语比较自在。

傍晚的时候，车夫小哥带我们去吃油炸咖喱角，在瓦拉纳西也吃过这种重口味、多油、多脂肪、多淀粉的东西。其实不难吃，但是吃起来心里总是毛毛的，很怕会变肥。而且无论是油炸的过程还是用的油都让人不敢去深究，算了，闭着眼睛吃吧，没办法，豁出去了！炸咖喱角的小哥又是用树叶子给我们盛咖喱角，其实在这一点上，南亚国家的环保都做得很好，盛小吃都是用树叶子做的碗，不过有多脏，我就不敢想了……

吃完后，我想到要在印度长期待着，总没手机用可不行呀！于是让车夫小哥带我去买了Airtel[1]的SIM卡，没想到，这就是一个硕大悲剧的开始！买电话卡要复印护照，还要填一个复杂的表格。据说，如果不提交表格，几天就会被停机了。我跟小店老板再三确认他是会帮我提交上去的才走。印度电话卡的坑爹程度真是丝毫不输给印度火车！看似资费很便宜，还有2G的网络用，好像还很不错的样子，实际上我后来的旅行中大部分时间都花在纠结电话卡上面了！让人无力吐槽又气不打一处来！还好当时Airtel的运行暂时良好，让我还没完全崩溃。

[1] Airtel，印度一家电信公司。

V说

多少年以后你有了那个人

他一定会忌妒

在你最美好的时光

在全印度最浪漫的乌代布尔

竟然是和我一起度过的

Chapter 4

Surprise

Chapter 4
Surprise

第四章

求婚来得好突然

这是表白的节奏？

夜晚降临，前台小哥说要请我们去他家吃饭。

有饭蹭显然是好的，但是这晚饭也未免有点儿太晚了。出发的时候已经八点多了，克久拉霍的村子里连盏灯也没有。前台小哥说自己有事不去了，于是让车夫小哥带我们去。印度人真是奇怪，请别人去自己家吃饭竟然自己不出席。车夫小哥也不是很清楚前台小哥住在哪里，加上路又黑，没走多远他就迷路了，开始各种问人，问了差不多半个小时，终于到了前台小哥家。

电视里在演《三个傻瓜》，前台小哥的表哥微笑着欢迎我们，介绍表嫂给我们认识。我们就这样傻傻地坐在床上看电视，因为也没什么好聊的。表嫂炸了虾片给我们吃，表哥要请我们喝酒，还拿出一瓶威士忌，说今晚我们就干完这一瓶吧。我和V都不想喝，但又盛情难却，表哥一直说，喝点儿吧，喝点儿吧。为了表示礼貌，我们还是喝了。当虾片快吃完时，表嫂又端出孜然炒饭给我们吃，印度人都是晚上十点左右吃饭，难道不怕会长胖吗？没办法，我们完全不知道应该如何在印度人家做客，饭究竟是剩下好还是不剩下好，但是为了不浪费，还是别剩下吧。于是，我们把那一大盘炒饭都吃完了。其间，表哥不断倒酒，到最后，我们把一整瓶威士忌都干完了。我心想，这下完蛋了，头晕眼花的，走路都走不了直线了，还能回得去么？于是，吃完饭，我跟V跌跌撞撞地跟着车夫小哥往回走，一路走一路快要醉倒在路上了。

车夫小哥以飞一般的速度走在前面，我们都快要跟不上了。走到半路，我跟V都在心里默默发誓，要是过五分钟还不到家我们就躺路边了！最终，我们虽然醉得快晕倒，但是仍然毫发无损地回到了客栈。前台小哥见到我们，叫我们一起打牌，连话都说不全了还要跟印度人打牌，得死多少脑细胞啊？于是，我没理他，回去直接倒在床上。

虽然在克久拉霍看似惊魂一夜，实则什么也没有发生，小哥没有趁醉做什么，我和V一路走来经常靠RP（人品）高而没有遇到危险。

在客栈才待了一天，就觉得这件事情有点儿蹊跷，貌似前台和车夫两位小哥对我和V有某种分配，我归前台，V归车夫。第二天早上起来，两位小哥带着我们去相同的地方吃完早餐，车夫带着V走开了，说带她去买裙子，前台小哥则拉我坐到三轮车里，说："我有一些真心话想跟你说。"

我一看这架势，肯定又是印度人惯用的告白伎俩。于是我说，我不想听哦，你可不可以把你的真心话放在你的真心里，不要掏出来让我知道。

小哥没料到我是这种反应，愣了一下继续说，内容也不过就是那些“我对你一见钟情”啦，“可不可以嫁给我”啦什么的，但是最极品的一句是“我的家人对你也很满意”——我了个×！原来昨天中午去车夫家吃饭，晚上去前台家吃饭，是见家长的意思啊！！！早知道打死我也不去吃什么饭，而且真的只有饭，连个菜也没有！！

更极品的是，小哥接着说：“因为我养父在美国，所以我也会移民去美国，他会给我一切，我想要什么都有，你如果跟我结婚了，你也可以拿美国绿卡，你看我多有才，还会西班牙语呢。”他跟我说这些，不过就是想看看我是不是个想靠结婚移民、拿美国绿卡、蹭住吃白饭的女生。然后，他居然要我认真回答他，喜不喜欢他，愿不愿意嫁给他。

狼狈逃出求婚闹剧

听了这告白，我心里真像有千万只“草泥马”在奔腾一样，心想，我才认识你一天，话也没说几句，名字也不知道，跟你很熟么？你就跟我求婚了，无非是觉得外国女生比较开放，换成是印度女生，早就告你性骚扰了。

于是，我如软妹子般温柔且娇滴滴地说："不行哦亲，你是个好人，就像我的哥哥一样，我们年纪还太小，而且我父母也希望我不要太早嫁人呢！"但我心里想的是，别TM（他妈）跟老娘玩这一套，老娘好人卡、哥哥卡、年龄卡、父母卡四卡连发，谅你是鬼也要惧我三分。小哥自认为深情地跟我说："你伤了我的心。"我去，我不仅要伤你的心，我还想顶你的肺！

我默默地不理他，叫他带我去找V，V果然在买裙子，一边挑裙子，一边被车夫性骚扰。一会儿搂这里一下，一会儿搂那里一下，有时躲开了，有时躲不开。店里的裙子的确是挺好看的，V买了一条可以直接围在腰上、正反面穿的裙子，价钱也很便宜。克久拉霍遍地都是服装店，因为是淡季，没什么人来，店员们看到我们都热情得要死，还跟我们推销俄文的和希伯来文的小黄书。我心想，英文的我都不见得看得懂，俄文的更是没可能了！

车夫小哥继续动手动脚，我和V心里都明白了这两个男人的小算盘，开始忽略他们“深情”的眼神和疯癫的话语，听了也全都打哈哈蒙混过去。克久拉霍不宜久留，我们都想快点儿跑掉。

前台又约我下午再聊聊，顺便教我西班牙语，我心想，即使教也不能让印度人教，看他们那英语水平，给我教出个印度口音的西班牙语，自己说出来心碎，别人听了还崩溃。估计下午再聊就是商量过门时间了，那我就走不了了，要是在这儿嫁给村夫做新娘，这未来是有多灰暗！不堪设想啊！还是走为上计为妙！

在克久拉霍，午饭是个大问题，我的适应能力比较强，但是V想吃肉。在这种小村子里，哪儿会有肉吃，我们就开始去街上找。最开始，车夫小哥陪着我们找，后来有个奇怪的男人过来跟车夫小哥说话，边说边跟着我们一起走。

过了一会儿，还没找到吃肉的地方，车夫小哥就有事先回去了。但这个男人还是在旁边跟着我们，我心想这究竟是保护我们呢还是脑子有病呢？他一言不发，也不跟我们聊天，究竟是何用意呢？我们忽略他继续找，最后实在是没法找到有肉吃的地方，只好决定在一个当地人比较多的饭馆随便吃吃。

这个饭馆提供两种咖喱，一种有辣椒油，一种没有，配上黄瓜什么的，竟然还是自助的，每人才人民币五元！真便宜啊！可这个疯子竟然跟我们一起进了饭馆！他就坐在我们俩对面，看着我们吃饭。原来他不是要保护我们，是真的脑子有病，我真是哭笑不得，既想一巴掌糊他脸上，又想笑他，都不知道该摆出怎样的表情才好。看两个女生吃饭有意思吗？而且他自己不吃，就直勾勾地看着我们吃，这不是有病是什么？

我和V都慢慢地从觉得好笑变得无语了，神经病总拖着不治真的好吗？药不能停啊！兄弟！到我们吃完了，埋单走了，这个疯子还继续跟着我们。我们不理他，自顾自地往旅馆走，走着走着发现他忽然不见了！没有再跟着我们了！大白天的，这是撞鬼了还是怎么的？一个大活人一下子又不见了！印度这地方怎么可以这么诡异！

摆脱了这个神经病之后，我和V想去看附近的寺庙，但是竟然需要买门票，想想都是色情小雕塑，没啥必要花钱去看，就作罢了。庙旁边到处都是服装店，大象图案的一件衣服竟然只要人民币五元，如果不是印度衣服质量实在太差，穿不了几天就坏，我肯定会买一件，可是在这里，看在五块钱是一顿饭钱的面子上，我还是别买了。但我实在是不敢待在客栈里见前台了，只好跟车夫小哥去其他不要钱的咸湿寺庙了。天气很晴朗，菩提树沙沙作响，其实克久拉霍的寺庙看一天就够了，看两天的话，除了偶尔会爆出“我×！好体位！”的猎奇称赞之外，没什么别的了。

我们又无所事事地看了一个下午，回到客栈拿行李，看见前台睡在我行李旁边。我蹑手蹑脚地走过去，迅速把行李扛走了，如果吵醒他，还不知道他会做出什么事来！车夫小哥送我和V去火车站，下了车，他果然想搂住V，跟V要求离别吻，V迅速躲掉了，所以我再度庆幸我没跟前台小哥说再见，我真的再也不想见到他。

我们继续在宽大的休息室里洗澡、等火车。洗完澡，车夫小哥忽然在窗外又出现了，跟我们说，他哥——也就是那个帅得像好莱坞明星一样的哥，说要我们付这几天的车费给他。

真是奇了怪了，之前我们跟车夫小哥提到过车费的问题，他一脸微笑地摆摆手说，我们是朋友，不用付钱。我们当时想，既然人家这么大方，就别再坚持了。这下，不让亲竟然就要付钱了！这是什么逻辑呀！算了，反正我们坐了人家的车，我们理亏，本是应该付钱的，所以我们也没说什么就把车费付了。然后开始心惊胆战地坐在休息室里面，想着等下会不会有七大姑、八大姨过来找我们要饭钱了，毕竟求婚也没成功。还好，最后火车来了也没有其他的人出现，我们便忙不迭地跳上火车，离开了这个诡异的地方。

饿肚子的话泰姬陵也不美了

离开瓦拉纳西之后，坐火车再也没有那么好的运气了，这绝对是大实话！虽然买到了从克久拉霍到阿格拉的火车卧铺票，却是在候补名单（waiting list）中。也就是说，我们只能等别人都走了才能找到地方睡。我和V一开始就没有想要去挤铺位，反正太阳还没落山，先欣赏一下夕阳也不错。

于是，我们并排坐在印度永远不会关门的火车门口，看着平原上金黄色的夕阳一点点地落下。火车驶过乡间的河流、树林，有时夕阳会被山挡住，飞鸟在金色的阳光中穿行，大地、火车和我们都被染成金色，风从行驶的方向吹来，吹乱我们的头发。虽然我在全世界最脏、最乱的印度火车上，还坐在不知道被多少只踩过牛粪的脚踩过的火车门口，而且晚上睡觉的地方还没有着落，我却仍然沉醉于这金色的美好时光里。

从天黑到睡觉还是有很长一段时间的，我们就蹭了一个位子坐在那里。旁边是两个印度男人，照例问了一长串没用的问题。我突发奇想，指着手上一串手镯（印度已婚妇女常戴很多手镯）说，我其实已经三十岁了，V是我女儿，我十五岁就生她了，我老公在加尔各答工作……听得他们一愣一愣的，惊呼不断：“哇！你这么年轻就有这么大的女儿了！”“你是做什么工作的呢？”我就说我还在攻读博士学位，听起来很高端的样子，他们直呼厉害！在成功骗取他们的信任和崇拜之后，我开始问泰姬陵有没有任何逃票的方法，可惜未果，而且最后也没蹭到床睡。多亏有一个信封式的小睡袋，没床睡就睡在火车地板上吧，反正一到半夜，所有没地方睡的人都像在难民营一样睡在地板上，我只不过是其中的一分子而已，况且我还有睡袋。那些穿纱丽的大妈啥也不垫着就直接睡在地板上，腰部赘肉再丰富，也不到当床垫的程度。但是人家个个都睡得跟死猪一样，真值得学习啊！

转念一想，像我这样的“屌丝”女生，还不是一样睡在印度火车的地板上。蓬头垢面，包里就两套不值钱的破衣服，全身最值钱的就是D90相机了，说不定比我的命还值钱。连十几块钱的车票都要逃，什么下午茶、化妆品、优雅精致的闺房、蕾丝边的美美睡衣……简直像遥远的梦境，这么不矜持，怎么会有高雅气质？只会越来越爷们儿，越来越像野草。也罢，此刻，我就是这像杂草一样的女生，自我感觉这样的自己也挺好的，在印度就应该像杂草一样顽强地活着，不然很容易活不下去。

凌晨两点，到了阿格拉火车站，这里显然比克久拉霍火车站大了好几倍，直接导致的一个结果就是上等车厢休息室有人把守，像我们这种买到SL车厢的票，还是候补名单中的乘客，就没那么好混进去。但是别忘了，我们是杂草一样的中国女生，一定会有办法！于是，我和V先把饼干都给守门的爷爷，爷爷还真吃了！凌晨两点坐在门口，天气热得要死，熬夜又上火，这个爷爷竟然吃得下干巴巴、火气大的饼干，爷爷你难道是喂什么就吃什么的人吗？好猛啊！于是，我们俩就盯着爷爷吃，他吃完了，我们继续一言不发地盯着他，过了十几分钟，我们就赢了！

其实VIP休息室也没有很豪华，而且连成一片的椅子都是钢的，椅子之间会有突起的部分，让人睡得很不舒服，但总好过去睡脏得全是灰尘和牛粪的火车地板吧！在印度锻炼出来的好习惯就是从不失眠，在哪儿都能睡着，我们一个坐着、一个躺着，在VIP室冷冰冰的椅子上一觉睡到天亮，然后坐出租车去泰姬陵。

其实看到泰姬陵，我根本就没有觉得激动或是惊喜，更多的是心疼那花掉的七百五十印度卢比，那可是我两天的生活费啊，就花在看这样一座白房子上了。而且泰姬陵跟照片上一点儿区别也没有，甚至还不如从前看过的照片漂亮，至少天空没照片上那么蓝。最重要的是，我前一天晚上没怎么睡，而且，没！吃！早！餐！所以心情差到不行，根本就无心游览，只想发脾气。

早上才六点多，人就多得要死，每个人都在拍标准的“到此一游照”。我一向最讨厌拍这种照片，但是这里是泰姬陵，好不容易来了一次印度，不拍又不行，算了，我还是屈服了，拍就拍吧。

泰姬陵里有一堆穿着暴露的纱丽大妈走来走去，我发现在印度好像是穿衣性感程度跟身材性感程度呈反比。年轻的姑娘，一看就知道身材不错，都包得严严实实，只能看到手臂，她们穿的不是纱丽，连肚子都看不见。而肚子上满是赘肉的大妈们，都穿着五颜六色的纱丽，连肚子上的赘肉都勒出来秀。这次看到一个身材超级差的大妈，身高不到一米六，体重将近两百斤，也穿着大露背纱丽，而且颜色和花纹更为华丽，走起路来身上的赘肉迎风摆动，整个肥背都露在外面。我的天哪，这究竟是给人看的还是恶心人的！印度男人都什么审美啊！身材越差越爱露，这让人怎么吐槽为好！

说到泰姬陵，我的确没什么华丽的语言来描述，给我的感觉就像去北京花七百五十块钱看了一次长城一样鸡肋，不看觉得自己错过了世界八大奇迹之一，看了又觉得不过就是砖墙，没什么意思。总之，泰姬陵就是个很大、很漂亮、很白、很对称的建筑，内外都装饰得很精细，其余的没什么好说。这里也是到印度时，无论是穷游还是富游应该都去一次的地方。

我喜欢的是体验式的旅行而不是旅游团式的观光，在泰姬陵基本没什么体验式的旅行，它和我的频道不符，我只好为了不浪费那七百五十卢比，不停地按动快门、按动快门，然后快点儿走掉，去找早餐吃。

恶搞阿格拉

在阿格拉，除了看泰姬陵，我们没什么其他的计划，因此有一整天的时间游荡。阿格拉除了泰姬陵以外，真的没什么好玩的，只有以调戏阿三为乐。比如，又遇到别人问我是哪国来的，我就说文莱，几乎百分之百的人不知道文莱是哪里，我就说你们竟然连我的祖国都不知道？我太伤心了，云云。比如，我们俩走到一个早餐摊吃早餐，小贩过来推销纪念品，像牛皮糖一样黏着不走，我就操起一把刀，架着我自己的脖子说："你不走爷就自行了断！"一边说一边做英勇就义状，小贩吓了一大跳，连忙走开，一边走还一边看我死了没有……

阿格拉城市里一片混乱，加上天又热，大清早太阳就暴晒。我和V看在套餐还算便宜的分儿上，只好咽下那难吃的咖喱。结果到了最后结账的时候，老板竟然向我们要五倍的价钱，而且辩解说，这种咖喱是套餐，那种咖喱不是套餐，加黄瓜与不加黄瓜的价位是不同的，分明就是在坑人！由于天气太热，我们也不愿意跟他吵，可是在这破咖喱上整整丢出去半天的生活费，让人好难过。走去阿格拉堡的路上，遇到了露阴癖，我的心情又开始烦躁起来，精神也开始不正常了。这明显表现在路上忽然跑出一个妹子伸手朝我要钱，我心情正不爽着，她可算撞在枪口上了，于是我也伸手朝她要钱，一开口就是一千印度卢比，并且一边大喊着一边朝她逼近，吓得她转头就跑。

印度许多人其实不是职业乞丐，他们仅仅是脸皮很厚没自尊，看到外国人就想着反正要了也不会掉一块肉，说不定还真能要到钱，于是就伸手朝别人要。可惜遇到的是我，妹子你节哀。路上遇到的神经病不只是这个妹子，还有在四十多度的天气里，睡在滚烫马路上的人，旁边还有人在烧垃圾，温度应该直逼五十度了，这人竟然头也不包就躺在地上睡得正香。喂！喂！喂！大哥你真的还活着吗？

走着走着，到了阿格拉堡火车站，比起阿格拉火车站，这个火车站更加安静，也没人把守在VIP室门口，我和V顿时产生了一种在这里洗澡的想法，可惜身上没有带洗发水，便决定走过天桥去买。

天桥上有一群猴子挡住了我们的去路，第一次体会到猴子比人多、人被猴子围观的感觉。猴子们或是躺在天桥中间睡觉，或是帮对方梳理毛发。我们俩站在那里久久不敢通过，最后终于有印度人走过，把猴子吓走了，我们才敢走。过了天桥，走过铁道，发现这里是清真寺，据说还是印度最大的清真寺，红色的屋顶。正午时分，地上烫得可以煎鸡蛋了，但是竟然还要脱了鞋才允许我们进去，而且里面真心又大又空没啥好看的，满地都是鸽子粪，我们一会儿就出来了。

真正惊喜的是在清真寺外面有清真饭馆啊！虽然我

是无所谓，但是V妹子到印度有一周多没吃肉了，食肉兽表示，没肉吃很苦闷。清真饭馆有肉吃，让我们大喜过望。而且味道也没有印度菜那么恐怖，还没有油炸的，简直就是天堂级的享受了！清真馆的炖羊肉可真好吃，配上印度味道浓郁的香料，很下饭！我跟V两个人吃一份，恨不得打包带走！

吃完饭，我们想着时间还早，要不要先看看能不能坐汽车去乌代布尔。走到街上问人找车，外面菜市场倒是很多，但是所有的菜、所有的水果都太脏了，尤其是葡萄，脏得让人想吐！苍蝇满天飞，还停满了每一颗葡萄，恶心到不行。街边到处卖的都是当地的特色甜品，不过说到特色，也没有什么特色，不过就是特别甜而已。所有甜品的区别只有特别甜和特别特别甜，完全找不到好吃的点在哪里，甜得让人一看就头疼，而且也爬满了苍蝇。我的天哪，都是谁在吃……

说到找汽车，更让人生气。满街的人都在瞎帮忙，明明就不知道怎么走，还要乱指路。最可怕的是，有一些人指完路就好像跟我们很熟一样，一路跟着我们。我们遇到了一个二货，竟然跟着我们上了三轮车。我已经被可怕的天气、可怕的交通还有一问路就一群人冲上来乱指路的状况折磨得不想再发脾气了。这次，轮到V发飙了！她铁青着脸对三轮车司机说，如果这个二货继续跟着我们，我们就不坐你的车。幸好，司机把他赶走了。

然而，更可怕的考验还在后头！到了阿格拉汽车站，问去乌代布尔的车要几个小时才能到，又是“哗啦”一群人围上来，得到的答案包括：六小时、七小时、八小时、十小时、十三小时、十五小时、五十小时、七十小时……气得我真想抽他们的脸！甚至连司机自己也说不清楚是几小时，有时候说八小时，旁边的人跟他争吵说明明是三十小时，他就立刻一脸自己也不清楚的样子，又说好像是三十小时……我们真的没办法跟这群二货交流，算了，还是去火车站等几个小时坐火车吧！

火车上的性骚扰

每次坐印度的火车都是一次极品们的狂欢，尤其是这次，完全买不到票了怎么办！我们无论如何都不想留在阿格拉！火车站旅客信息办公室的大叔给我们支了个着儿，让我们去买普通票（general ticket），也就是相当于中国的站票。

这真是个妙招儿，以至于从此以后我就再也没正儿八经地买过票，全都是火车开之前半小时去买个站票就上车！买了站票之后，我们挤上卧铺车厢，想着这次连候补名单都没有，估计是要在厕所旁边安营扎寨了。正徘徊着，忽然一个大姐走过来，问我们是不是找座位，然后就带着我们去了她的座位坐。真是遇到天使了！

我这人有一个特点，就是上了任何交通工具都会立刻睡着。这次，才下午六点多我就坐在大姐让出来的座位上睡着了，睡到差不多晚上十点才醒，发现坐在我旁边的小哥有点儿古怪。

我坐在他右边，他用一个包遮住自己的左手，把左手伸过他的右腿下面，用手指抠我的腿，还装作一副正经的表情。我真是被这种可笑的小动作弄得哭笑不得，就偷偷把包挡在我的腿旁边，他抠了许久发现我没反应，之后又变本加厉地抠，最后才发现抠的是包，就把手缩回去了。

我心想，不能光让他占了便宜，我也要占他便宜，让他体会一下什么叫被占便宜的不爽。于是，我就把右手从背后伸过去抠他的腰……抠了一会儿，我从半睡半醒的状态中醒过来了，忽然觉得很可笑，我们俩表面一本正经地在坐火车，其实都在发什么神经啊，竟然互相性骚扰，这种游戏我不玩了！于是我恢复到一本正经的姿态。这时，看见V睡在对面的中铺，她脚边睡着一个小孩，一边睡一边啃她的脚……

午夜时分，坐在周围的性骚扰小哥还有腰部各种赘肉挤我的大妈都要下车了，他们非常好心地跟我说让我睡中铺，而且忙不迭地让我快点儿躺上去。我正纳闷呢，刚一躺上去，火车就到了某个站，这时车厢门口响起一阵杀猪般的声音，我和V都被吓醒了，赶紧爬起来看是怎么回事。原来是车上的人还没下车，下面的人就拼命往上挤，挤上来立刻抢铺位，个个身轻如燕，一下子跳到上铺坐着就不动了，可见一定是一群跟我们一样不买票的“屌丝”啊！

正当我们庆幸抢到铺位的时候，几个印度人不紧不慢地上车了，把票朝我们一秀，意思是这铺位是他们的，我们可以走了。我和V顿时就傻眼了，RP（人品）果然是守恒的，人家有票就占理呀！

我们就这样被赶走了，我又睡在火车地板了，而V不知道到哪里去了。虽然印度在白天的时候热得要死，但是晚上的火车地板却很冷，枕着包睡，一点儿也不舒服。地板又冷又硬，而且连续睡了两晚地板，我开始觉得有点儿吃不消了。早上四点，周围铺位有人下车了，终于又有床睡了！我迷迷糊糊地爬上床沉沉睡去，直到V拍我起来，才发现整车人都走光了，我们已经到了乌代布尔。

乌代布尔的惊艳

依然不知道去哪儿住，三轮车司机说拉我们去一个很便宜的地方，两个人只要两百印度卢比。就这样，我们被拉到了Amar Villa（乌代布尔一家旅店）。

Chapter 4

初见Amar，觉得又干净又漂亮，而且还有无限量的免费网络用，我和V决定先放下包出门走走，再决定是否住在这里。毕竟，当时穷得要死的我们还沉浸在克久拉霍一百五十卢比的房价状态，觉得两百卢比太贵了，有点儿承受不了。但其实仔细想想，也就五块钱人民币的差距，当时究竟是有多穷！况且，没吃早饭撑不住啊，根本没心情决定住哪里。

我们沿河走了一阵，在我的心情变得越来越糟糕的时候，找到了早餐。果然，我心情差都是因为饿了，没有别的原因了！虽然最讨厌吃油炸的东西，最讨厌喝全是糖的饮料，但是没办法啊，这里是重口味的印度，不得不吃下全是油的咖喱角，再喝一杯甜死人的奶茶。神奇的是，吃完早餐，我觉得所有的一切都变得美好了起来，也不介意因为连续睡了两晚火车地板而脏得不像话的衣服和头发了。

沿着路走，又走到我和V最喜欢的地方——菜市场！市场里琳琅满目，一堆一堆的咖喱，五颜六色的纱丽，还有各种各样的新鲜水果。我们欢天喜地地买了一堆葡萄、一堆香蕉、一堆黄瓜、一堆番茄还有一斤酸奶，顿时觉得身上一切的不舒服都缓过来了。只要让我吃到新鲜水果，我就会觉得无限幸福！而且最难得的是，这边的葡萄很干净，没有那么多苍蝇停在上面，让人感觉吃了应该不会那么快死。

我们一边吃着葡萄一边往回走，顺便看房间，无奈，道路两边的旅社感觉条件都普普通通，而且都还蛮贵的，回到Amar Villa，经理Munshi Baba（以下简称“爸爸”）说这里最便宜的房间是五百印度卢比的。我们傻眼了，不想出这么多钱住店啊！刚刚是谁说的两百卢比来着！“爸爸”看我们为难的样子，又说其实他们还有一个房间是两百印度卢比的，不过在屋顶上。我瞬时想到了瓦拉纳西，怕住到屋顶会热死，而且屋顶的阁楼完全是用铁皮做的，没有办法锁门，有窗户没玻璃。但是，V上去看过之后，说彻底喜欢上了这样的地方，于是我们便搬到了屋顶的阁楼上。

现在回想起来，这是个多么明智的选择！

屋顶阁楼就是整个乌代布尔最美好的地方，也是整个印度旅行最美好的地方！这里四面都有窗户，每天，东边的窗户迎接朝阳，西边的窗户送走日落，南边的窗户眺望城堡，北边的窗户守候湖面。整个乌代布尔的如画风光尽收眼底。天空总是蓝得清澈，湖水倒映着岸边的白房子，一天之内无论何时都有清凉的风吹过，感觉就像正骑着神话里的仙鹤飞向远方。这座白色城市无愧于印度最浪漫的城市，住下我就不想走了！这里一点儿也不像印度！我觉得自己瞬间从一个只会骂人的硬妹子变回软妹子了。水果这么好吃，风景这么美好，人生就是这么简简单单就能开心。

唯一有些可惜的，是洗澡只有冷水，但对我们丝毫没有影响，因为印度的气温这么高，如果洗热水那就是在煮人肉了。然而，花洒里的水一冲下来，我就傻眼了，人生第一次洗得地上都是黑水流，衣服和睡袋更夸张。脏得像猪一样——说的就是我了。

以后无论如何也不能睡火车地板了，不累死也会脏死的！洗完澡之后，穿着干干净净的衣服坐在阁楼里，享受着从四个窗户吹进来的风，睡一个悠闲的午觉，太完美了。印度的生活总是这么跌宕起伏，让我觉得昨天阿格拉的吵闹混乱像是遥远的梦境一样。

入夜后，我们开始逛乌代布尔，街边有许许多多卖工艺品的小店，连门把手都做得像艺术品。玻璃吊灯有各种美妙的颜色和形状；满街都是复古手镯和包包；还有棉麻衣裤的店铺、手工制作、皮质封面的笔记本店和琳琅满目的木偶店。店主拉着提线木偶为我们跳了一支舞，我觉得心在悄悄融化。沿着大路走下去，小吃越来越多，几乎都说不上名字，每一样都是多种香料混合着豆子或者是土豆之类的，却不像之前吃过的那些让人感到不愉快。在这里可以花很少很少的钱买到许许多多的吃的，吃货开心得快要手舞足蹈，一杯五毛钱的盐汽水就收买了我。

回到Amar Villa，坐在阁楼下面的天台上晒月光，眺望远处城堡的灯火……在乌代布尔的第一天，我觉得整个人都被幸福感包围了！

城堡、天空与湖水

第二天，我和V去探访前一天没走过的另外一个方向，路上遇上可爱的椰子店老板，跟在我们后面想顶我们的牛，还见到了某个全是漂亮别墅区域里墙上精细的印度画。

我们跳上公交性质的三轮车，也没想着去什么地方，就这么乱走其实也没有不可以。结果，一下三轮车就遇上了十印度卢比一杯的杧果冰沙，又便宜又好喝，让人快泪奔了！V想找肉吃，我们便开始全城乱逛找肉，可惜非旅游区完全没见到任何非素食的饭馆，倒是又发现了五印度卢比一杯的杧果冰沙，吃货显然要冲上去尽情喝个饱！

顶着中午的大太阳走回湖边，终于在旅游区找到一个可以吃到肉的地方，我们发现这间饭馆的顶楼搭起来一个非常非常漂亮的白色帐子，便自然而然地进去了。结果是，V吃上了咖喱鸡。

有只小松鼠一直在下面的桌子上偷吃糖，过了一会儿，竟然跳上我们的桌子开始大嚼咖喱和印度薄饼，就在离我们不到一米的地方。我们俩立刻拿出相机，小松鼠也没有跑掉，非常大方地配合我们拍照，萌得我们俩神魂颠倒。吃了一会儿，小松鼠在柱子上擦了擦嘴，又爬上旁边的栏杆，一边洗手一边叫同伴，可惜叫了半天也没有同伴过来，于是它又回来继续吃了个饱，才悠闲地走掉了。

V说，多少年以后你有了那个人，他一定会忌妒，在你最美好的时光，在全印度最浪漫的乌代布尔，竟然是和我一起度过的。我说，谁叫他不出现，等我看遍这世界，也不稀罕有他没他了。

风吹得白帐子哗啦啦地响，白色城市的午后，安安静静，湖面上漂浮着一座宫殿，鹫在天空盘旋，鸽子从低空掠过我们附近，四周只有拍打翅膀的响声，我们并排躺在白帐子里，横七竖八地枕着印度图案的枕头，舒服地睡了个午觉。

我被这里的天空和湖水迷住了，简直快要失去继续旅行的动力。在梦里，我在乌代布尔开了个小店，有一搭没一搭地随便做个小生意，度过余生。原来幸福是如此简单，住在十块钱一晚上的房间里，吃简单的东西，不用很有钱，不用有一个爱你如生命的人，却神奇地觉得很幸福。

世界上有那么多人每天拼命地工作，甚至没有时间抬头看一看天空，只顾着埋头赚钱让自己的衣食显得更高贵一些。其实，健康的身体，富足的心灵，再加上这样一个美妙的下午，不就是世界上最奢侈、最美好的事情吗？我们付出了太多代价去取得本非必要的东西，却忘了生活的本身是什么。其实，只要抓住身边每时每刻出现的简单幸福，不就已经足够了吗？

下午在白帐子里一觉睡到快五点，醒来后，我们决定去看城市宫殿。仅仅二十五印度卢比的门票，据说是只能在外面看，不能进去，但是路一转，我发现不能进去也值得，这是我人生中第一次看到城堡，竟然是浅浅的琥珀色，反射着夕阳西下暖暖的光，把整个世界渲染得那么温暖又那么安静。

城堡下面，有一树鲜黄色的花，坐在下面仰望天空，有一大群鸽子飞过，真是太美了！每一个场景都美得让人窒息！日落时分，湖边亭子里的恋人剪影，映着湖水的金色光芒。天的另一边有一片红霞，一树树火红的花，城堡里点起灯火，每一个窗口都那么精致、大气，像梦境一样美得不真实，我体会到自己是多么的渺小。走出城堡的时候，就像打了一个响指，梦醒了，依依不舍。

印度式结婚

旅行中处处都有奇迹发生，乌代布尔市场里的鞋子很好看，我想买一双，但又苦于每天的预算只有三十块钱，于是就拍照发在微博上，竟然有很多人希望我帮他们代购。所以，在乌代布尔的第三天，我来往于Amar Villa和市场之间，跟每一个小店讲价，买了十五双鞋子，由于找不到DHL（国际快递），准备全部背回国。本来只有一点点东西的背包被塞得满满的，不过能赚回一点点旅费也是好的。我曾经就有过到曼谷唐人街批发东西去清迈卖的想法，这次竟然在印度实现了。不过，没开过淘宝店的我，卖个东西真心是痛苦啊！

旅馆里除了我们，还住着一对欧洲小情侣，女生Mela辞职环游世界，每到一站就找电脑更新她的博客。我曾经偷偷看过几分钟，博客标题写着“Quit your job. Buy a ticket. Get a tan. Fall in love. Never return.”如果翻译过来，大概是“买一张票，辞职去看世界，晒黑，恋爱，再也不回来”，看得让人心生向往。

但Mela到了印度迅速病得要死，只能在Amar休养一阵子，娇气的欧洲人果然受不了印度可怕的条件啊！说实话，我很羡慕她。尽管我可以较长时间地走，但毕竟我还是要回到故乡，什么时候我也能像鸟儿一样飞向天空，再也不回来，在世界的某个角落或喜或悲，经历最好最坏的一切，然后轰轰烈烈或者平平淡淡地死去，应该都不枉此生了吧。

V晚上坐车去了新德里，我决定继续留在乌代布尔批发一天的鞋子再走。在乌代布尔四处乱逛，又喝了好几次五印度卢比的杧果冰沙。因为是淡季，旅游区基本没有游客。店主都很闲，先是一个画精细画的店主请我进去参观了他所有的钱币收藏；然后又有一个咖啡店的店主请我去喝咖啡，但总觉得喝咖啡跟看收藏不是一个性质的，所以就没进去。走到Amar附近的一个服装和毯子店，问了一下价格，要走的时候店主小哥说：“今晚我家亲戚结婚要跳舞，你来不来？”参与当地人的生活是我在旅行中最重要的事情，我便非常开心地答应了。

婚礼的场所就在隔壁，晚上七点就开始狂播印度神曲，本来我想晚点儿再去，但是被神曲吵得真的坐不住了，就拉上Mela他们一起去。

店主小哥一见到我，就说要带我认识其他人，直接拉我过去跟他妈打招呼。我的天哪，克久拉霍给我带来的心理阴影还没消散呢！又要见家长了么！这究竟是印度人的礼节还是怎样？我真是搞不清楚。

我战战兢兢地跟小哥的老妈打完招呼，就冲进跳舞的人堆里了。观察了一会儿，我发现，跳舞的男生女生应该都是未婚的，婚礼应该是他们发展社交的一个机会。就像我们看过的印度电影中的一样，新郎和新娘一起在跳舞，新娘穿着华丽的纱丽，新郎穿着传统的服装，眼睛始终就没离开过新娘的脸。我不懂爱情，但是看着他们俩的眼神，我觉得这是一种不同以往的东西。

印度人的开挂还表现在连跳两个小时的舞都不嫌累，而且歌曲换来换去都是那几首，他们也不觉得单调。跳了一会儿，我就觉得有点儿腻了，店主小哥说开摩托带我去喝果汁。小哥叫Chintu，一边开摩托车一边聊天，我知道他说不了几句话就会开始说印度男人都说的那几句，于是我先下手为强："你知道吗，我有一个小秘密要告诉你哦，其实我只喜欢女人的……"

小哥显得很惊讶："是吗？真的吗？！"

我假装无奈地说："是啊，没办法……"

小哥又问："仅仅是女人吗？你不同时喜欢男人吗？"

我说："绝不。"

小哥非常无奈地载着我到了某个湖边，我一边默默地喝果汁，一边假装用无奈的表情回应他不断重复的"是吗？你只喜欢女人吗？你如果也喜欢男人该多好啊！我真希望你喜欢男人啊！"我心里想，我就知道你会搞这一套，所以我才先下手为强，我赢了！哈哈哈！喝完果汁，Chintu又无奈地把我载回去，约我第二天一早去看小孩剃头发，晚上再去喝喜酒。

早上，我想着看小孩剃头发没啥意思，就决定出门往没去过的地方走走。走到一半，忽然又想到之前买鞋子用掉了太多现金，现在快要没有卢比了，就去找汇丰银行和花旗银行，因为据说只有这两家银行是可以用银联卡提现的。但是问了半天的路，发现这里虽然风景不像印度，但人还是印度人。一大证明就是，一向他们问路，他们就随口胡说。

绕了一大圈也没找到这两家银行，也许根本就没有也说不定。我想既然已经走了这么久了，就问问其他银行可不可以换美金吧。整条街问过去，印度银行（Bank of India），印度工业信贷投资银行（ICICI Bank），印度商业银行（Yes Bank），HDFC Bank，Canara Bank，苏格兰皇家银行（RBS）……全试了一遍，竟然都不行！印度时刻都这么热，走在街上我都快要热死了，但就是找不到合适的银行啊。三轮车夫轮番过来坑我，最后我挺不住了，还是坐上一辆三轮车去找银行。

终于找到一个叫什么斋浦尔国家银行（State Bank of Jaipur）的，说可以换美金，但是让我先复印一堆资料，填一堆表格。我看在汇率是52.1的分儿上去复印了。可是复印的地方根本不在银行里，也不是免费的，我又顶着大太阳找地方，花了很多钱，坑爹啊！

复印完、填完表格递上去，银行工作人员说："哎哟，真对不起啊，就在你刚刚出去那十分钟里，汇率从

52.1变成51.4了！”我了个×，这不就是坑人吗！但是我都到这份儿上了，复印也复印了，还找了一个上午，不换对不起自己啊！换吧，硬着头皮换吧！

这个决定就是无限蛋疼的开始，不知道为什么，这家银行难道是促进残疾人就业的么？银行工作人员全是些老弱病残，有弱视的，有瘸腿的，还有侏儒。我丝毫不是歧视残疾人，但是您数钱敢不敢再慢一点儿！我就换个两千五百卢比，总共就几张钱，速度慢得无人能比。最后给我一张账单让我签字，我一看，我去！换五十美金，还收了我百分之一的手续费。收完手续费，加上那奇低无比的汇率，还不如在我们旅馆隔壁换划算，但是我人都来了，不换一下我不甘心啊！何其可怕的鸡肋，换了心痛，不换不甘心！

最后，排队半小时等领钱，银行内部装修得像中国民国时期一样古老，速度超级慢。换完后，我的爱国之心油然而生，之前在国内的时候，总觉得这个糟糕、那个糟糕的，其实同为人口大国的印度，比我们糟糕多了。

首先，光是气温就比中国高太多，中国的夏季最多只有几个城市会超过四十摄氏度，每到这时候已经一大堆人出来哭爹喊娘了，但是印度好几个月天天都这种温度，还连空调都没有，乞丐在大太阳下还睡在街上，也没见人家抱怨一句。

在中国，虽然也会有“狗眼看人低”的现象，但是毕竟我们没有种姓制度，鄙视别人是没道理的，而在印度，高等种姓的人可以公然鄙视低等种姓的人，让他们做牛做马都不为过。

中国的女人可以想穿什么就穿什么，印度女人连露腿都不行。最重要的是，中国的银行，办业务的速度比印度快太多啦！以后我再也不抱怨这个、抱怨那个了，其实我生活在中国已经挺幸福了，知足吧！

因为换钱的运气太差，我决定坐个三轮车随便走。但是毕竟乌代布尔太小了，坐了一会儿我就看出眉目了，因为又回到卖杧果冰沙的路边了。下了车，司机找我钱，正午本来就热，司机把硬币放在三轮车的前面被太阳晒着，放到我手上的时候已经热得像烙铁一样，要是真被烙出一个五卢比的花纹那就搞笑了，以后伸手乞讨，不用说话人家就知道该施舍给我多少钱了！

卖杧果冰沙的哥哥把玻璃杯倒扣在马路边，我要喝的时候，他直接把玻璃杯翻过来就倒冰沙给我，如果这种程度你就恶心得喝不下去，那你就不能在印度生存下去了！我忍！尘土而已，没洗杯子而已，艾滋病不会通过共用杯子传染的！我坚信！

榨汁的时候没有苍蝇掉进去已经万幸了，即使掉进去了，反正我没看见就是安全的！我在旁边一边喝一边看了一会儿小哥榨杧果汁，虽然说没有苍蝇掉进去，但是实际上榨汁的杧果感觉都烂烂的，而且也不是杧果直接加冰就打，而是加了很多糖，还有黄色的色素。忽然开始后悔，之前竟然喝了那么多，其实这也不是健康食品啊！

虽然我对看小孩剃头没兴趣，但对喝喜酒还是有兴趣的！晚上打电话给Chintu，他开摩托来载我去喝喜酒。奇怪的是，他先载我去了一个当地的小酒馆和他的兄弟喝了瓶啤酒，感觉他们俩都已经开始醉醺醺的，不正常了。等了好久，才去喝喜酒，我对这种安排完全不明就里。

喝喜酒表面上是说喝喜酒，其实是没有酒可以喝的，基本上类似于一个大型的自助餐派对。新郎、新娘双方家长站在门口收礼，很多人穿着华丽的纱丽走来走去，吃各种烤的、炸的饼，还有各种咖喱。比起平常那些难吃的东西，这种自助餐只是食品种类更多，但是味道完全没有改进，还是那么难吃。

Chintu带着我吃来吃去，顺便认识他的亲戚，每介绍一次我都感到很惊恐，我都说了我只喜欢女人的，别再跟我求婚啦！

食物中最让人印象深刻的就是一种水果酸奶，里面加了葡萄和啫喱。喝第一口的时候，我的胃忽然抽了一下，我没太介意，便又吃了第二碗。之后我想，如果我完蛋了，就是因为酸奶。印度最恶心的东西非绿色的葡萄莫属，我竟然喝了加了绿色葡萄的酸奶，他们究竟洗了没有？我真的不清楚！

新郎新娘衣着华丽地坐在一个台子上，全场人轮番上去跟他们拍照。大家都在吃，就他们俩坐在那里，动也不能动，笑得脸都抽了，好可怜的样子，结婚真是一场折磨……

吃完喜酒，Chintu载我回去，又无数次确认我是不是只喜欢女人。他借着酒劲儿，塞车的时候还趁机摸我的腿！拜托！我都只喜欢女人了，性骚扰还不能停一下吗？下了摩托，Chintu说他明天就要去其他地方了，希望我去他家参观一下。

我完全搞不清楚印度人的家庭结构是怎样的，好像七大姑、八大姨都住在一起，而且房间摆设十分像农村，毫无品位可言。这个自不必说，总不能要求一个印度农村的民居能比中国大城市还好。刚庆幸跟Chintu孤男寡女共处一室他完全没有什么犯规举动，还把我送出门去，可到了门口的小巷，他就暴露了本质，问我能不能完成他一个小小的心愿。一看这架势，我又不傻，立刻就转头一溜烟儿地跑回旅舍。虽然乌代布尔这么美，也是印度最适合艳遇的城市，但是，如果是跟Chintu的话，还是算了吧……

回去与“爸爸”拥抱告别，说我明天就要离开乌代布尔。账也结了，准备四点起来，坐早上六点半的车去阿杰梅尔。在乌代布尔已经待了一周左右，甚至走在路上都觉得路人变成了熟面孔，连城里的女人一般穿哪种纱丽都清楚了，有时觉得自己已经变成当地居民了，其实心里很舍不得，但是必须要走。

我爱新鲜

希望看到这个世界

不为我所知的一面

一无所知的旅行更适合我

Chapter 5

Disaster

Chapter 5

Disaster

第五章

一杯酸奶引发的病倒异国

病倒异国

五月好像是乌代布尔人结婚比较多的月份，所以几乎每天晚上都可以看到烟花。我一个人回去，坐在天台上看烟火绚烂，享受最后一夜一个人的小寂静。

风吹过，觉得有点儿头疼，有点儿冷，心想会不会是玩得太累了，早点儿回去休息吧。吃了一片感冒药就躺下了，但是翻来覆去，就是睡不着，甚至感到更冷了。全身一阵阵发冷，这时我才意识到肯定有什么地方不对劲儿了！

摸摸自己的额头，应该是发烧了。怎么办？根据以往的经验，像我这么强壮的身体，睡一觉什么事都没有了，明早还要四点起来去赶车呢。于是，我就开始逼自己睡着，但是这次貌似情况有所不同，无论如何也睡不着，而且冷得直发抖，全身冒冷汗。胃疼、头疼，哪里都不舒服。

过了几小时，我开始觉得口渴，下楼找老板要水，他说："一百卢比。"我瞬间有一种被人落井下石的感觉，我都要死了你竟然还跟我要钱！也罢，死就死吧，我没带钱。我转身就走，老板叫住我，说他是逗我玩的，水可以随便拿。这时，我才忽然觉得像活过来一点点。我抓住一瓶水，艰难地拧开喝了几口，竟然是冰水，又刺激了我可怜的胃。喝了水，我仍然没有好过来。

半夜开始又吐又拉，从这个阁楼，这个城市的制高点看出去，午夜的乌代布尔只有稀稀落落的灯火，想买药也没可能了，而且我虚弱得根本就走不出去，如果遇到危险也没有招架之力。我只能躺在床上，一会儿去一次厕所，全身都很难受，感觉胃一直在翻搅，我又无能为力，只能在床上半睡半醒、翻来覆去地呻吟。想打电话给什么人，却觉得无论打给谁都是无济于事，徒增烦恼而已。除了疼痛，脑子里的声音一直告诉自己，要坚强起来，这就是独自旅行要接受的考验，只要到天亮，一切噩梦和恶魔都会散去，一切都会好起来。

无奈，那一夜是那么的长，我不知道在床上滚了多少圈，迷迷糊糊地睡着又被痛醒，最后一次醒来的时候，发现天亮了。果然，天亮了就没那么难受了，只是整个人虚弱得只能像个老人一样，扶着栏杆慢慢往楼下走……

“爸爸”看见我半死不活的样子，开摩托带我去药店买药。“爸爸”是个穆斯林，染着红色的胡子，晒黑的脸庞，笑起来一口白牙。每天都穿着花纹很精致的白袍子，戴着白色小帽。本来我觉得穆斯林都很恐怖，但坐在“爸爸”的摩托车后面，发现他身上有很浓的香皂味，好像一天洗很多次澡的感觉，顿时觉得没那么恐怖了。阿杰梅尔看来今天是没法去了，先好好吃药养病吧！

一整天我都坐立不安，不管是什么姿势都觉得不舒服，也吃不下东西，只有下午撑着虚弱的身体出去买了根香蕉。幸亏印度的药还蛮有效的，我休息了一天，第二天又能上路了。

去圣湖的路往往不寻常

早上五点多，出门拦车去火车站，打算坐火车去阿杰梅尔。很巧的是，刚好遇到两个同行的女生，一个美国人，一个墨西哥人，我们三个人便一起拼了三轮车去火车站。还好她们不是说英式英语，不然我就听不懂了。天还黑着我们就到了乌代布尔火车站，我仍然不想乖乖买票，就又买了站票，去了硬座车厢，而美洲的两个妹子已经提早订好了空调硬座。

每次坐印度火车必有奇遇发生，这个已经是默认的事实，这次也不例外。

最开始，我坐在一个天主教妇女的对面，她举止优雅，穿一身裸色纱丽，没有任何花纹，非常有气质。之后换了一个位置，旁边坐了几个纱丽女，过了一会儿，上来一个小哥，本来不是坐在我对面的，可能是看到我是外国女生，就换位子过来坐在我对面。我心想，完蛋了，印度人的那一套又要开始了，这次我该怎么折磨他呢？一时半会儿想不出方法，我决定随机应变。

果然，小哥先来了一通印度人全民都用的“你来自哪里，父母是做什么的”问题，之后不出我所料，开始扯一些“你好漂亮，我对你一见钟情，我向你求婚”之类的。我问他有女朋友么？他说有。我说那你勾搭你妹啊！还不快跟你女朋友分手。他说如果我答应他，他就跟女朋友分手。我说如果要我答应，你不仅要跟我求婚，更要跟我旁边这几个纱丽大妈求婚。

他看着纱丽大妈手上那一串手镯和腰上的赘肉，说：“她们都结婚了，这不行啊！”

我说：“结婚了是可以离婚的，你不答应跟她们求婚的话，我也不要你。”

他说：“我哪里不好，你不愿意嫁给我？”

我一击必杀：“你太穷了！”

他说：“我哪里穷！”接着，他翻遍口袋，掏出一千卢比和几个硬币。

纱丽大妈们全都大笑，然后跟我击掌。他想继续证明自己不穷，便拿出手机说："这个值三千卢比呢！"

我说："你知道吗，现在人民币对印度卢比的汇率已经是1比8.5了，你那点儿钱，在我看来都不叫钱——何况你不帅！这才是重点！"

纱丽大妈们又开始跟我击掌，周围的人全都大笑，他只好悻悻地走了。我心想，真是活该！纱丽大妈们还拿出印度薄饼给我吃，我们一起庆祝胜利。

我本来想把这个胜利的好消息立刻分享到微博上的，结果手机完全上不了网。原来是因为克久拉霍的小店没把我的资料提交上去，因此被停机了。真是稀奇，从没见过外国人买个手机卡也要提交那么多资料的，而且我又不是没交，竟然还有我交给他，他不提交这种做法！实在太坑爹了，真想回去打他！当时提醒了他，结果他真的坑我！算了，只能找机会再买手机卡了。

到了阿杰梅尔，和美国妹子、墨西哥妹子一起去布什格尔。可能是因为我没带攻略吧，总觉得布什格尔除了那个圣湖之外，没有其他任何值得称道的。一到圣湖就遇到骗子，他先忽悠我念经、点tika，还洒圣水在我身上，然后开始向我要捐赠。

念经的时候我还是懂英文的，一到捐赠我就开始装不懂了，开始跟他连珠炮地先说普通话，再说粤语，最后又说了一通日语，这哥们儿晕了。于是，我没给钱就走了。我都穷得要人施舍呢，怎么可能把钱给你？骗子都别想骗到我，没钱看你怎么骗。

在布什格尔唯一惊喜的就是找到了DHL，我把鞋子全都寄回国了，像我这样的身体，已经没体力背着鞋子到处乱走了。

一个人旅行，最不好的一点就是住宿费会变高。在布什格尔跟妹子们只住一晚就各奔东西，两个妹子显然不是我这样的“穷游一族”，在我看来还不错，甚至有点儿小贵的旅馆，她们却觉得没空调，会热得晚上睡不着，就没法入住了。像我这样的穷“屌丝”，都是在街边随便吃点儿什么的，妹子们却跑去能看到全城风景的饭馆大嚼比萨和意大利粉。好吧，其实我承认这样的花费也不高，但是像我这种一天三十块钱预算的人，真的什么也吃不起。看来，以后结伴必定不够愉快，于是，第二天我准备去焦特布尔，她们去新德里。

一个人到处漂也不容易找床位房，而且我依然对印度完全不了解，还不如重操旧业，做回沙发客吧！从第一次做沙发客开始，我已经在东南亚好几个国家做了沙发客，而且处处有奇遇，每个沙发主都让我感受到了不同的人生。虽然在印度做沙发客比在其他国家的风险高很多，但是印度这种开挂的生活方式，如果不在当地人家里住，是无法感受到的。于是，我给焦特布尔的一个沙发主发了邮件，没想到立刻得到了回复，沙发主不仅告诉了我他们家的地址，约好明晚到焦特布尔见面，还细心地告诉我，千万不要在火车站附近打车，因为他们都是黑社会，会乱开价。

一路艰辛去做沙发客

从阿杰梅尔去焦特布尔怎么去？无疑又是坐！火！车！这种坐一次奇遇一次的交通工具，真让人欲罢不能。告别了美洲的妹子们，我这次要尝试真的什么票都不买就上车，彻头彻尾逃掉这最多也就二十块钱人民币的火车票。

因为不是夜班火车，也就没必要去蹭卧铺车厢，于是我来到了二等车厢，看起来像是硬座，但是座位的上方，也就是在上铺的位置有一张“床”，只是“床”上什么铺盖也没有，只有光光的木板架子。我爬上去倒头就睡，虽然感觉“床”上的灰尘不是一般的多，而且下午天气超热，拉贾斯坦邦中午的温度全都可以达到四十三度，车内温度跟车外应该不相上下，车厢里全是人，挤得要死，但还好坐在顶上，不用跟下面的人挤。

车厢里不断有民间的草台班子来卖艺，唱歌演奏的声音大得要死，不唱完一曲还不走。好不容易走了，各种小贩又来吆喝，我每次忍着炎热睡一会儿就会被吵醒。但是火车上的时间实在太难熬，不睡觉就不知道可以做什么，只能硬躺着等待时间过去。买的一瓶冰水过不了几分钟就变成了热水，再买又变热水，混着“床”上的灰尘变成了泥，沾得满身都是，再加上出汗，全身变得黏黏的，一搓都是黑色的，我顿时觉得自己就是个流浪者，睡在大街上，心包上了一层铠甲，无论环境多艰苦也不会因为忍不下去而变得难过。即使是这样的条件，我也可以泰然处之，神了神了，从硬妹子变成纯爷们儿了！

过了三个小时，我睡醒了，看到周围的床上都有人在睡，穿的还都不少，这是怎样的神经才能支撑他们在这么热的地方睡下去呀！两个铺位的中间隔着一个脏得要死的破风扇，我总怕头发被卷进去，在上面待着几乎不能动，实在是太无聊了，受不了。下面座位的一个叔叔很好心地给我让了半个屁股的空间，我就下去跟他们拥挤地坐在一起，这时候真心觉得有一个小屁股真的很重要啊！不然火车一刹车，就会从座位上掉下去。可惜我不是，证据就是我掉下去好几次，到最后根本就觉得简直没法坐了！

天气热得要死，周围到处都是人，无数腰围粗过胸围的纱丽大妈手也不洗地在吃印度薄饼，吃完印度薄饼又吃薯片，吃完薯片吃干脆面，嘴一刻也不停，手从来也没洗过，看得我直咋舌。地上到处掉的都是干脆面的碎渣，小孩画着黑漆漆的眼妆，被妈妈抱着乱喂一些中国人看来一吃就会死的东西，没受过教育的人都盯着我看，受过教育的人都假装自己没有盯着我看。我完全不知道怎么才能熬过漫长的时间，看书也没法看，其他的事情也都没法做，加上天气又热、人又烦躁，只能苦熬时间。我又痛苦地坐了几小时，快下车时才发现，我下午睡的哪儿是床啊！那是行李架！

照例又被折磨得半死，下火车的时候已经快晚上九点了，遵循焦特布尔沙发主的意思，我没在火车站坐车，在外面随便拦了一个三轮车到他们家，下车后发现自己只有一千卢比的纸币，司机师傅找不开。印度人真的很奇怪，如果是在中国，司机师傅肯定要拉我去附近的地方换零钱。这个司机居然随便让一个路人跟我一起去附近一个像宫殿一样的地方找零钱，我心里直犯嘀咕，这么宏伟的建筑里有人肯找钱吗？结果还真有一个开高档工艺品店的大叔找了钱给我，好心人还真有，我就让那个路人把钱拿回去给司机了，他真的不会拿了钱转身就跑吗？反正我管不着。

沙发主的家附近没一个路牌，黑灯瞎火的，我找了许久，才找到他们家。沙发主名叫Naresh，他家住在中产阶级居住的区域，是一栋三层的别墅，他让我一个人住整个二楼，他和他的太太、三个孩子一到睡觉时间就失踪了，不知道睡去哪里了，一楼只剩他的母亲，二楼只剩我一个人。

看起来好像睡一座印度别墅的整层楼，很爽是不是！刚开始，我也觉得超惊喜的！其实完全没有！当我准备睡觉的时候，终于明白为什么Naresh他们所有人都不见了，因为他家的屋子简直热！死！人！了！整整比外面高了好几度！虽然我不知道外面是多少度，但我所能描述的，就是他家卧室里的感觉就是——床上全是热的，大理石地板跟床一个温度，即使我把整个床单都弄湿还是热得躺不下，怎么吹风扇都是热风！实在忍不了了！旁边有个空调，但是竟然没安装！即使我瞬间学会安装空调也没用，因为没插座！

这是要逼死人的节奏啊！

我只好拖着床单去天台上睡。但是天台上的蚊子实在是太多，露哪儿咬哪儿，我用完一整瓶驱蚊霜也没用！地面又硬，完全没法睡着，我只好自认倒霉，又回到房间里睡，房间里还是那么热，没法睡，还好窗台够宽，我只能抓着窗框躺在窗台上，可能比床上凉爽一点儿吧。一整夜折腾了好几次，疲惫不堪，后来，我这么热着热着就睡着了。

早上，Naresh来叫我起床，端了一杯姜味奶茶给我喝，给我一个“早晨的拥抱”。鉴于他是个中年男人，而且是印度男人，我认为这样的拥抱非常不妥。不仅不符合中国文化，也不符合印度文化。他还要求我拥抱的时候要大力喘气，我总觉得这样做怪得很，闹不清他在干什么，但是碍于沙发客的身份，我也不好意思说什么。

Naresh的太太在做早餐，黄色的印度炒饭加洋葱，在他们家住的规矩是，如果吃了他们家的东西是要付钱的。付就付吧，我还是吃了那餐。早餐后，他告诉我去钟楼市场逛一逛，把地址用印地语帮我写好在纸上，我就出门坐公交去了。钟楼市场这几个字用印地语念起来就像在用新疆口音说“很大根”三个字，让人摸不着头脑。

自从V妹子走了之后，我的旅行就变得漫无目的，之前对印度的了解都是通过V，她去哪儿我就去哪儿，她去问朋友什么地方有好玩的，她去百度所有的东西。恢复一个人之后，所有事情都要靠自己了。

因为还是懒得去看攻略，懒得百度，就做沙发客，让沙发主告诉我有什么地方好玩。固然，事先了解一个国家的文化和社会风俗是一种很好的旅行方式，但是我总觉得这就像看了一部电影的剧透一样，失去了很多惊喜。如果我从来没见过泰姬陵的任何图片，可能第一次看到泰姬陵时，我会惊讶于它的宏伟壮美，可惜我已经看过太多次各种各样的图片，再看到泰姬陵的实物时就没什么惊喜的感觉了。

我爱新鲜，希望看到这个世界不为我所知的一面，一无所知的旅行更适合我。

钟楼、城堡、小学课本与无处不在的性骚扰

传说中的钟楼市场，可以买到极度便宜的工艺品。果不其然，我花了大约两块钱人民币买了两个五颜六色的细手镯。街边大妈说未经缝纫的纱丽是两百印度卢比，我果断发现自己身上的纱丽比别人的贵了四倍，不过，尼泊尔的东西就是会更贵一点儿，因为都是从印度进口的。但是我肯定没时间慢慢等他们做纱丽了，挑了一下，花纹也都很土，只能就此作罢。

唯一的收获是又填了一大堆表格，买了一张SIM卡。抬头看，发现钟楼市场旁边的山上是城堡，看起来真宏伟呢！绕着盘山路走上去，再次被围观。而且遇到了很可爱的姐弟俩，他们一起欺负一只萌萌的小羊，可怜的小羊被他们抱着，动也动不了，只能睁大眼睛做无辜状。

因为没做攻略，我也不知道城堡是否需要门票，进门的时候有人跟我提了一句门票的事，我想着先往前走走，等真正到入口了再说。我这一走就逛完了整个城堡，也没有人再跟我提票的事！于是，我就这样逃票了，实在太诡异了。城堡里很多地方可以眺望焦特布尔的全景，蓝色城市其实也没那么蓝，只是城堡下面有一些蓝色的房子点缀其间罢了。

从城堡上下来，天气热得要死，四十三度又来了。终于找到一个网吧，打开微博，发现坏消息——十天之后要回学校做毕业论文答辩。这种事对我来说是完全不可能的！我突发奇想，能不能用视频或者电话答辩呢？想了很久怎么跟老师说，但是真正打电话的时候，觉得大家生活的世界差异太大了，彼此都不能理解对方。

我坐在城堡的门楼里，虽然有清凉的风，但是听到老师的声音，还是顿时出了一身冷汗。最终，老师非常好人地同意了！我简直感激得五体投地！但是作为第一个远程答辩的毕业生，我觉得鸭梨（压力）无限大，一定要努力做到最好才行！

打开沙发客网站，收到了斋浦尔的沙发主邀请，当即决定游走焦特布尔之后就去斋浦尔吧！焦特布尔整个中午和下午的大部分时间都热得要命，偶遇《孤独星球》推荐的鸡蛋三明治和藏红花酸奶，全都吃完之后，终于觉得活过来了一点儿！如果这个鸡蛋三明治在中国卖，肯定是没人买的，因为大家会觉得又脏又难吃，但是在印度这种鬼地方，鸡蛋三明治是我进入印度十几天以来吃过的最好吃的东西了！吃完一份觉得幸福到不行！终于遇到能吃的东西了！

晚上在Naresh家里，坐在客厅里读孩子们的社会科学课本，看两个孩子写作业。他们就跟中国的这个年纪的孩子一样，父母一不看着就开始搞怪不看书。Naresh很无奈地跟我说，印度人这么多，竞争这么激烈，马上就要考试了，不努力读书怎么拼得过人家。我恍然觉得自己好像回到了中国一样！原来，印度人也有这样的想法！不做沙发客哪可能知道！

再说印度课本，都是英文的，历史的部分在说一些我完全没有了解过的古代史，地理的部分跟中国课本几乎没有区别，政治的部分真的太精彩了！要了解一国文化，果然要看看他们的课本！论调跟中国课本完全不一样，立场完全不一样，看一次像了解了一个新的世界观一样。站在印度的角度看世界政治，再对比我在中国受到的教育，忽然有一种天宽地广的感觉，对很多东西都有了彻头彻尾不一样的想法，对一些既成定论的东西也会产生怀疑，并加入更多的思考。总之，看了两个小时课本，受益匪浅。

Naresh的太太是学校老师，跟她聊天我终于明白为什么明明印度的课本都是英语的，他们的口音还这么可怕，老师的口音都这样，学生的英语肯定好不到哪里去！不过人家胜在词汇量大，基本跟英语是母语的人差不多，就是我听不懂。他们家的三个孩子，其中两个是自己的，另外一个据他们说，是相当于扶贫，在农村里带了一个爱学习的孩子来城市资助他上学。我顿时对他们一家肃然起敬！

不过，肃然起敬归肃然起敬，又是一个热得快死只能睡在窗台上的夜晚，太难熬了。不知道是怎么才到的天亮……

Chapter 5

早上，Naresh说要教我做瑜伽，我大喜过望！让瑜伽发源地的人教瑜伽，真是不常见的机会呢！他叫我跟他面对面盘腿坐下，然后一起微笑着快速喘气，全身一跳一跳的，喘了几分钟，他又叫我跟他一起一边微笑、一边喘气一边像鸟扇动翅膀一样挥手，我愈发觉得这也太奇怪了！哪儿叫瑜伽啊！

看到Naresh坐在我对面一边笑、一边扇翅膀的表情，我觉得蠢得简直无法接受！扇了一会儿翅膀，他又帮我拉筋，说这是瑜伽的一部分，我越来越怀疑，为何要跟一个大叔练他所谓的“瑜伽”，还要让他帮我拉筋？印度男人不是不可以轻易碰女人的么？几分钟过去之后，我觉得实在没法相信他了，而且拉筋的动作也非常变态，我就借口说自己中暑了，不想再练，到门口坐着去了，留他一个人慢慢练。

他没练几分钟也下来了，说想用自己的房子开客栈，问我有没有方式招揽客人，对他的房子有没有什么提议。我想了半天，还是别说实话吧……就仅仅说了一句：“其实你们家很好很好，没有什么要改进的地方，只是偶尔嘛，偶尔晚上会有点儿热……”我心里在咆哮！你们家热得跟久美子客栈不相上下！你要是收六十印度卢比，说不定会有人不怕热愿意来住，一百印度卢比以上，我无论如何也不住你家！除非你装空调！而且你的待客礼节让人难以理解啊！拥抱什么的，帮女生拉筋什么的，确定不是在“吃豆腐”吗？

Naresh有事要处理出门去了，我也没事干，只能又去钟楼市场。印度的鞋子就是质量差不禁穿，没几天就坏了，还花了我四十卢比在钟楼市场修鞋子。修完鞋子在小巷里乱逛，一个熊孩子又像其他印度人一样，过来跟我废话打招呼，肯定又是烦我，我突发奇想，不如用西班牙语跟他打招呼，看他怎么应对！于是，我使出唯一会的一句西班牙语：“Ola！”（你好！）

熊孩子听了，开始跟我噼里啪啦地飙起西班牙语来，完了！聪明反被聪明误了！这里是印度！会西班牙语的人很多很多呀！我就会这一句，这下丢人了……我只能装聋作哑地摆摆手跑掉了，早知道就继续说泰语了，真笨啊！

因为其他早餐都不合胃口，我等《孤独星球》上推荐的三明治店开门一直等到快十二点，饿得胃都抽了还没开门，迫不得已，我先去藏红花酸奶店喝了杯酸奶。天气热得人头晕晕的时候，喝一杯冰酸奶反而让人觉得怪怪的，不是很舒服，我以为是没喝够，就又喝了一杯。终于等到了三明治店开门，吃完返回Naresh的家，拿行李告别。

离开他家的时候，全家只有老奶奶在家，想悄悄给个好印象，就用一个中国结压着吃了他们家的饭要付给他们的一百卢比放在我房间的床上。结果走到门口，老奶奶拦住我不让我走，让我先付钱。我告诉她钱放在楼上房间里她也不信，我只好又上楼把钱拿下来给她，她才放我走了。难道老奶奶遇到过连一百卢比都不愿意给的无良沙发客吗？

几天之后，看到Naresh在沙发客网站上给了我非常高的评价，其实他们家人都对我很友善，能看出是一家好人，只是有可能因为文化差异吧，我不是很能接受他们家巨热无比的房子，还有Naresh的一些古怪举动，让我分辨不出究竟是善意还是性骚扰。

一杯酸奶足以客死异乡

很多人都说斋浦尔是一个乏善可陈的城市，最开始我也不想去斋浦尔，直到收到了斋浦尔沙发主的邀请，才觉得去蹭一蹭也可以。当时我还不知道，从去斋浦尔的路上开始，我在印度最亮瞎眼的一段旅程已经拉开帷幕。

斋浦尔的沙发主叫Pushpendra Singh Shekhawat，就简称Push好了。当时看到他发来的邀请时，我非常惊讶，因为他招待过八百多人，而且基本全是好评！这样一个牛人，我怎么可以怠慢呢？看好了火车时间，大概晚上八点多到斋浦尔，于是跟他约好八点在火车站等。

我先跑回钟楼市场喝了杯冰酸奶，才兴高采烈地冲向焦特布尔火车站。当我准备进行下一次逃票的时候，火车站的工作人员说，我要坐的火车只有周末才有，平日不开！这简直就是晴天霹雳！只能大中午忍着四十三度的高温，跟三轮车司机讲价，打车去大巴车站。

到了车站，又是晴天霹雳，有空调的巴士要下午四点才开，按照印度这车速，不到凌晨两点是到不了斋浦尔了。为了别让沙发主等得太辛苦，别在汽车站过夜，我还是选择没空调、马上就开的巴士吧。

于是，我开始了人生最错误的一次选择，坐上了一辆跟从戈勒克布尔去瓦拉纳西的车不相上下的破巴士。天气热得要死，本来以为虽然车上超过四十三度，是不是一开起来有风吹过会凉爽一点儿。可是等车开起来之后，我发现这是完全错误的想法！因为沿途都是半沙漠地带，连一棵高一点儿的树也见不着，完全不会凉爽，而且因为地面和周围的土地吸收了太阳的温度，让人感觉坐在车上比在车外面更热了！最奇葩的就是，车上的印度人都穿着长袖衣服，有些不是锡克族的人也拿毛巾包着头，还在大嚼干脆面！这么燥热的天气，亏他们做得出来！

我又想靠睡觉躲过去，睡着睡着又开始发冷了，最可怕的事——在当地巴士上发烧，终于发生了！仔细一想，又是酸奶让我完蛋的！真是长吃不长脑子啊！记得第一次坐当地巴士已经觉得没有比这更凄惨的事了，这次的巴士让我感到，没有最凄惨，只有更凄惨！至少上次发烧有张床睡，周围温度还可以，要被子有被子，要水有水。这次坐在热得让人崩溃的巴士上，连个能横躺的地方都没有！

巴士这种环境完全不能缓解我的中暑，我只能拼命喝水，但是一喝水就胃疼、想吐，怕把吃的药都吐出去，所以我又不敢喝水。售票员坐在我旁边，我跟他说我难受得要死了，生病了，发烧了，他也完全无能为力，只能看着我难受得横也不是、竖也不是。原来周围有很多人，但是他们什么也不能帮到你的感觉比独自一个人在深夜发烧的感觉更无助。我只好祈祷，还有七小时啊！时间快点儿快点儿过去吧！

巴士就这样死慢死慢地开着，我在巴士上横也不是、竖也不是，除了祈求上帝和期待时间快点儿过去之外，做不了任何事，拉贾斯坦邦这种沙漠的干热憋不出汗来，总觉得热气和寒气还在体内打架，而我就是它们的牺牲品。我的脸色一定很难看很难看，但是没有任何一个人来关心我，这种无助感让人更难受了。

到了下午四点多，终于有一批人下车了，我想躺到一个椅子上，但是上面有融化的雪糕，问了很久才有好心人借我一块布把雪糕擦干净，但是椅子仍然破得脏得不像话。我又像在乌代布尔的晚上一样，躺在椅子上呻吟，但是空间太小，连滚来滚去都做不到。身上沾满了各种灰尘，脏得跟乞丐一样，而且由于生病，总觉得自己的样子比健康的乞丐更凌乱一些。想吐又吐不出来，不管是什么姿势，依然发冷和胃疼。感觉自己下一秒就会死掉，但是下一秒不断地到来还没看到自己死，仅仅是生不如死。我只好一直告诉自己，熬到晚上八点，到了斋浦尔，一切都会好起来的！

七点半，车仍然行驶在无穷无尽的黑漆漆的公路上，完全没有要到达的意思。七点四十五分，车停下来了。貌似要吃晚饭了，又是全油炸食品，我病得要死，连水也喝不下去，饭更是吃不了。肚子饿，但是看什么都觉得恶心。我问司机几点到，司机完全不会说英文，我只有打给Push让他来问司机，他告诉我，司机说十点到，当下我就崩溃了！

车又开起来，看着窗外一闪而过的路灯光照在身上，我觉得这绝对是我人生最难熬的时刻之一。虽然夜晚的温度稍降了一点儿，也不那么发冷了，但是胃又饿又痛，身边有两瓶买了十分钟就变成热水的冰水，一点儿也不想喝。换了第一排的座位，很挤很挤，脚边有一堆别人的箱子，脚都伸不开，一天没吃东西的我全身没力气，渐渐地，连呻吟的力气也没有了，翻滚的力气更没有了。躺在昏暗肮脏拥挤的车上，半失去意识地感觉自己好像在翻滚和呻吟，实际上只能发出微小得几乎听不到的声音。

斋浦尔都有些什么人啊

王子/花花公子/政客/暴发户/乞丐/叛逆少年

每个人都过着神经病一样的日子

说话全都真假难辨

Chapter 6

Romance

Chapter 6

Romance

第六章

我的沙发客“艳遇”

借宿帅哥展览馆

终于在斋浦尔车站下车，我觉得自己好像刚从地狱绕了一圈回来。所幸，三分钟之后，Push就来车站接我了，虽然他戴着头盔，看不太清楚他的脸，但感觉他还是蛮帅的。我戴着头盔，半死不活地坐在他身后，城市的灯光照在他身上，天哪！我发现他穿的衬衣是我超喜欢的红色小暗格子的，而且质量很不错，风一吹，他身上飘来淡淡的香水味，贪吃好色的女流氓忽然从半死不活的状态中打起了精神。

Push家住在斋浦尔的阿梅尔区，出了城市，他告诉我可以摘下头盔吹吹夏夜的晚风了。Push说他招待过八百多人，我是他唯一发邀请函主动请来的。忽然觉得有特等待遇了，我的心情又好了一点儿。

摩托开到郊区宽阔的路上，他一边开始不断加速，一边告诉我，旁边山上灯光照着的建筑就是琥珀宫了。我们绕着山骑摩托，夜晚的风不冷不热，非常舒服，吹散了我乞丐般的头发。路上一辆车也没有，只有他的引擎声，琥珀宫静静地站在夜色里。他一边开摩托一边像安慰小孩一样拍拍我的肩膀说辛苦了，然后继续载着我，超帅地飙车。公路上的风拂过我们的脸庞，暖黄色的夏夜，摩托车的引擎是一种撼动人心的节奏，我觉得病好了大半，折腾得半死来斋浦尔，绝对值得啊！

到了一个前不着村后不着店的小店，Push停下来买了一根烟，你没看错，真的是只买了一根烟来抽，点完还把打火机还给了小店。我像被霜打的黄瓜一样蔫蔫地坐在摩托车后座上，心想，这要是迷魂烟，就把我弄死在这里，或者迷倒了做成人彘，卖给马戏团吧，反正我难受得不想活了，也没有招架之力。

路上黑漆漆的，一盏灯也没有，只能看到点燃烟的一星火光，Push抽了半根，掐掉烟，回到摩托车上跟我说不要告诉别人他抽烟的事，然后继续骑车带我回家。

经过弯弯曲曲的小巷，他在一个门口前停下摩托，打开门，站在我面前，他的眼睛在门廊的灯光下一闪一闪的，我当时心里就花痴得笑开了！Push你真是帅得像王子一样啊！

家里有一男几女，能看出是一家人的样子，只是都睡在一张大地铺上，让人感觉不可思议。反而是我占据了整个客厅和客厅里唯一的床，他们都睡在旁边的卧室里。好久没看见像Push家这样又宽敞又明亮还有纸巾的厕所了！洗完澡之后感觉自己顿时活过来八成，Push坐到我面前，说一些让我心情暖暖的小事。他真的是一个很贴心的男生，说的都是我爱听的，而且很会把握时间，在我刚刚开始感到困的时候，他道声晚安，我们各自睡去。我躺在床上想着完蛋了！我的心被抓住了！我就是个“颜控”，看到男模身材、男模长相的人，就是欲罢不能。

第二天我很早就醒了，接近二十四个小时没吃东西，也没怎么喝水，我已经虚弱得快晕倒，但是依然胃痛，应该完全吃不了印度的重口味早餐。

Push家的所有人都在隔壁的大房间里睡成一排，还没有人醒来，于是我离开房子出去找市场。没走多久，有一个大叔骑摩托车经过，停下来问我要去哪里，我说买水果，他让我上摩托，载我去了市场。

市场离Push家不远，我买了水果，还买了番茄、鸡蛋和米回来，路上忽然有一只彩绘大象迎面走来！这微笑着的庞然大物，脸上画了漂亮的花纹，鼻子一卷一卷的。驯象人骑在上面，像梦一样从我身边走过。臆想中，我是驯象人，坐着大象，就这样去了远方……

快走回Push家的时候，看见有个大叔站在路边喝水，他问我："你是沙发客么？"真是神了，他怎么知道我是沙发客的！于是我说是啊，他说他是沙发主，想带我去他家看他家的"沙发"。我去看了之后才发现，他家其实就是一间屋子和一张床。他说如果我在Push家住闷了，就可以来他家住。

就这样，我认识了Bharat，其实他也没那么像大叔。他大约三十五岁，因为留着小胡子，所以看起来比较老成。我拎着东西回家做菜，Bharat热情地邀请我再去他家玩。

Push家简直就是帅哥展览馆，Push身高一米八九，他弟弟Joy身高一米八八，他们的老爸尽管头发都白了，身高也跟他们差不多。兄弟俩都长了一张男模面孔，虽然皮肤略黑，但是掩盖不了他们的有型。家里的墙上挂着这三个帅哥的合照，怎么看怎么帅！

Push的网站简介上说他所喜欢的品牌第一是杜嘉班纳（D&G），第二是古驰（GUCCI）。我彻底震惊了！之前一直以为在印度人眼里，D&G就是dog and goat（狗和山羊）呢！第一次见到这么有品位的印度人，我太惊讶了！Push在斋浦尔开公关公司，中产阶级就是不一样！九点多，他骑上摩托车上班去了，他穿的衣服、裤子和鞋子全都好有品位呀！不过也难怪，像他这样的人穿什么会不好看呢？

他们家的女人都不会说英语，我在厨房做了番茄炒蛋和粥，跟他们说借点儿盐，但是没有任何一个人听得懂盐这个单词，头疼了很久没法解释。想着胃不好就吃点儿粥吧，但是胃疼得连粥也不能喝完，只能喝点儿米汤。

Push家不仅男人帅，连狗狗朱莉都很帅，又有性格又听话，我吃不下的番茄炒蛋只能给它吃，它很会挑，把蛋都吃了，番茄都剩下了。看来，狗也会吃厌印度薄饼的。Joy在我旁边玩电脑，我跟他吐槽印度女生太保守，我在印度半个月了，竟然没有交到任何一位女性朋友。她们走在大街上连腿都不露，而且印度的男人是不是都认为女人是以胖为美，怎么那么多女人都可以胖成那个样子……

Joy打开Facebook（脸谱网），满屏都是性感自拍的印度女生。看来，我看到的只是表象，她们保守外表下的闷骚在Facebook才能看见！Joy解释说，其实印度男人也喜欢瘦的，身材好的，但是女人一结婚就开始不顾忌身材了，加上印度的食品碳水化合物又多，又油又甜，很快就肥了。想想真是有道理的，我也觉得街上的食物都跟减肥无缘，我只能吃水果度日。

下午，我吃不下东西又无事可做，就去Bharat家跟他聊天，他在街边开了一家工艺品店，卖的是一看就不会有人买的那种工艺品。据说现在是淡季，所以装修都还没结束，Bharat在斋浦尔做向导，但是他还有另外一个身份，就是政党领袖，尽管政党叫什么名字我一点儿也没记住。他最近在参选，政党的目标是为婆罗门争取赚钱的权利。

这是我第一次听到别人提起印度的种姓制度，而且据我了解，婆罗门是第一种姓，为什么还需要争取赚钱的权利呢？Bharat告诉我，婆罗门原本的社会角色是通神者（prayer），因此赚钱的权利并不如其他种姓。近百年来，印度社会也改变了很多，种姓制度虽然还存在，但是慢慢淡了下去，而赚钱是大家都想做的事情，显然大家都在抢着赚钱了。但婆罗门毕竟是第一种姓，管的是祭祀，所以，经商的行为会被家里的老年人所不齿，也会被社会所不认同，他们的政党就是在斋浦尔地区做这样一件事。

认识了Bharat之后，走在街上，我发现满街都是他的竞选海报，这时候的我，还觉得看到这些海报很亲切、很有面子，走在街上随便一指，看到没有，政党领袖是我朋友！要多神气有多神气。而且Bharat还邀请我第二天去电影院看3D的《泰坦尼克号》，一想到在中国没能看到的电影在印度看到了，就觉得很开心。

Chapter 6

斋浦尔的男人们

每天晚上，Push都会工作到九点多才回来，这天晚上他又带回一个沙发客，来自德国的Vera。看到这名字就觉得文艺。到了十点，Push忽然他说今晚有喜酒喝，要带我们去。尽管胃疼得不能吃东西，我还是决定去看看。我手忙脚乱地穿纱丽，还让Push的母亲帮忙穿，可她明显就是在乱穿一通，方向都反了，还不如我。

我很奇怪，就问Push为什么一个印度妇女竟然不会穿纱丽。Push的解释是因为他们家是第二种姓，皇室家族，所以根本不穿纱丽。仔细一看，Push的母亲穿的果然不是纱丽。敢情纱丽原来是贱民穿的呀！高等人种都不穿纱丽么？Push戴上一个闪闪发亮的耳环，穿一身白色的民族服装，带着我和Vera一起去喝喜酒，真心觉得他帅到不行！尤其是戴上那闪亮亮的耳环，一身的王子气质，看得女流氓眼睛都直了。

喜酒现场，我又见识了印度人可怕的英语，有人问我和Vera从哪里来，每次Vera说德国（Germany）都会被误听为日本（Japan），Vera非常无语！已经晚上十点半了，大家都不怕长胖，坐在桌子边，吃的全是油炸的和巨甜无比的自助餐，我因为胃疼，什么也吃不下，只能在旁边看着。

其实我一点儿也不羡慕，因为一看到喜酒，我就想到在乌代布尔的夜晚，上帝保佑我再也不要放任何这样的东西进嘴里。一边吃着一边聊到Push的感情史，原来王子也是进化而来的，他还有一段烂俗的故事。

Push说几年前，他疯狂地爱上了一个女生，爱到闭着眼睛都可以画出那个女生素描肖像的程度，然而那个女生根本就不喜欢他，还嘲笑他永远都交不到女朋友。Push被刺激到了，开始学着如何穿衣打扮，如何努力把自己变得更优秀。他努力学英语，自己开公司，成为高帅富。那个女生看到Push的变化，反过来追Push，却被Push“以其人之道还治其人之身”了。所以，当一个女生嫌弃你不是王子的时候，回敬她的最好方法，就是等你变成王子，反过来嫌弃她不是公主！

王子点上一根烟，跟我们讲述往事，脸上不知是怀念，是爱恋，还是报复的神情。夜晚就这样在斋浦尔雨后的石板路上安静地逝去了，没有爱过任何人的我，仿佛在听着来自于天上的故事。

Push每天早上都九点多才起床，这时候我一般都正走在从市场买水果回来的路上，他骑着摩托、戴着墨镜，风驰电掣般地冲向我，抛下一个灿烂笑容，然后迅速绕过我去上班，帅得让人心跳加速。我默默地微笑着，拎着水果回到他家，看Joy一脸帅气地坐在电脑旁边。老天啊！住在这里真是每天都有视觉盛宴！不住一星期都看不够！

但是，我的胃依然不争气地在痛，看来等着它好起来是等不了了，之前买的药也都无效，我决定去找药店。没走几步，又有一个人停下摩托车问我是不是沙发客，天哪，难道整个斋浦尔到处都是沙发主么！他问我去哪里，我说去药店，就这样，又有人载了我一程，斋浦尔真的太好玩了！

一路上，他问我有什么症状，还在药店帮我跟老板描述症状，帮我买了不知名的药和电解质饮料。他说他叫Sudesh，在琥珀宫城堡做导游。吃完药之后，他载着我去一个古建筑聊天。斋浦尔在中午也有凉风，不像焦特布尔那样热得要死。Sudesh是蛮有趣的人，跟他聊天我笑得不行。聊着聊着，一个戴墨镜的男生走过来，耳朵上湿婆神造型的小耳钉闪闪发亮，整个人的感觉与其说是印度人，不如说更像西班牙人，意气风发，身上一股不羁和帅气。就这样，我认识了花花公子Bilu。

正所谓一山不能容二虎，除非是一公一母。Push和Bilu都是阿梅尔区最拉风的男人，王子和花花公子，一个好男人、一个坏男人，从最开始就能感觉到两个人在暗掐，但是都装作自己不介意对方的样子。

他们两个人都属于刹帝利，中间名都是Singh，却过着迥然不同的生活。Push自己开公司，每天穿得像王子一样在商场上打拼，而Bilu在琥珀宫城堡做导游，据他说他有几十个女朋友，每天不务正业，各种泡妹子、喝酒、打架。但在这时候的我看来，两人都很可爱。提到Push，Bilu一脸不屑地说："那个烟鬼，整天背着父母抽烟，其实整个阿梅尔都知道，别告诉他你认识我。"

这是在争宠吗？我心里暗想。

Bilu和Sudesh都邀请我待在斋浦尔学西班牙语，我说这不是很荒谬么！竟然在印度学西班牙语！而且这不是第一次印度人说要教我西班牙语了。他们都说，只要待在琥珀宫城堡两个月，西班牙语一定没问题了，语言果然是靠多练习啊！聊到最后，他们说："虽然你一个人来印度，但现在你有两个男朋友啦！"就这样，两小时的工夫，我从万年没有男朋友的状态，忽然变成了有两个印度男朋友的状态，于是我说："你们俩打一场，看看谁排第一……"

下午和Bharat大叔去看电影，第一次坐印度人的车，果不其然，因为道路状况太混乱，车被撞得破破烂烂，开门、关门都有问题，而且车内的空调破得要死，快被蒸熟了才感觉到一点儿凉风。

开车去电影院的路上，满路都是Bharat大叔的竞选招贴画，这样一个名人载我去看电影会不会被狗仔队偷拍？到了电影院，发现没有《泰坦尼克号》看，大叔便买了《寻路天堂2》（*Jannat2*）的票，说有英语字幕。看的时候才发现，哪里有英语字幕啊！！纯印地语的！就这样，我一个字也看不懂，坐在那儿两小时，只能靠画面去猜测剧情。

无非是恶俗的英雄美人故事，一到激情场面出现，电影院里的人就全场欢呼、吹口哨，对他们这种“屌丝”行为，我表示非常无语！看完后，Bharat说，千万别让Push知道我跟你看电影去了。我脑子顿时觉得很乱，这些人暗地里都是在干什么啊，为什么都不想让对方知道我和他们是朋友呢?

上流社会的人贩子

看完电影，Push打电话来说今晚有派对，可以“认识斋浦尔上流社会的人”。这样的机会显然不可以错过，我早就想知道印度的上流社会是什么样子了！他说他的朋友Vikram会开车过来接我，是个千万富翁。

在电影院门口等的时候我还很担心，人家千万富翁来接我，我就穿着这身破纱丽，能行么？他到的时候我真是大跌眼镜，印度的千万富翁还真低调，开的车竟然是几万块的TATA（一款印度汽车）。或许那千万不是美元，而是印度卢比吧……路上，Vikram接上了另外一个大叔，他们开始跟我聊他们去广交会的事情，还指着那个大叔，说他长得一点儿也不像印度人。很白、很帅、很年轻对不对！你们中国有女生甚至爱上他了！我心想，你们遇到的是多么没节操的女生啊！

终于到了传说中的“上流社会派对”的地点。其实就是飞机场旁边的一个破房子，共有三层，只装修了第三层的一个房间，其他的还都是毛坯。大叔说：“这是我的物业，在这里可以看飞机起降，很浪漫对不对？我要把这个房子改造成酒店……”我心想，四十三度的天气，谁有兴趣在你家屋顶看什么飞机起降啊！而且吵死了好不好！位置这么偏，人家就是从机场出来也找不着你家房子啊！

我根本没看见所谓的派对，就跟两个大叔在这荒无人烟的屋顶上坐等飞机起降，穿着轻薄的纱丽，依然热得要死，大叔们悠闲地用印地语聊天，说Push几小时后会过来。我忽然有一种感觉，我被Push卖了。不是说被卖去山沟做媳妇的那种卖，而是把我作为筹码，待价而沽。

我热得实在不耐烦了，大叔们终于结束“浪漫的观赏飞机起降”活动，回到房间里继续用印地语聊天，不时地跟我用英文聊几句，因为能看出来我对他们不感兴趣，所以他们也不对我说不太尊重的话。

过了一会儿，用人端上威士忌和黄瓜沙拉，我在旁边默默地吃黄瓜，过了两小时，又来了更多大叔，Push依然没到。这就是可怕的印度“上流社会”，我只有一种“人为刀俎，我为鱼肉”的感觉，但是我相信，这些人受过教育，不会在我不情愿的情况下做什么出格的事。只是一群不知名的大叔在我身边喝酒吃黄瓜，整个场面闷爆了！

“又白又帅”的大叔对我说：“你这件纱丽是雪纺的，料子不太好，我明天带你去买一件，绝对特别好看。”我说不必了，背包里没这个空间。大叔又举杯：“Sukey！干杯！”我心想，在这种荒山野岭喝酒岂不危险？就假装喝几口，继续坐着不理他们。

Chapter 6

又过了一小时，Push带着一个法国女生来了，把我丢在奇怪的地方跟一群陌生大叔喝了三小时酒，Push你居心何在啊！法国女生和大叔喝酒，我依然默默坐着，吃奶酪、豆腐和黄瓜沙拉。

法国女生跟我说，她在印度待了一年半了，印度人完全没有必要卖不同种类的蔬菜，因为加咖喱炖了之后，所有的东西都是一个味道的！我震惊了！简直就是知音啊！她还说印度人实在是太保守了，她交不到任何一个女性朋友，只有男性朋友。有时她邀请男性朋友去她家吃晚饭，几次之后她就开始被邻居疏远，没有人再跟她说话。我心想，那你现在还不保守一点儿，大半夜出来跟刚认识的大叔喝酒，估计回去你又要被疏远了。

喝到差不多了，大家都不见了，就剩我和Push在屋子里，跟Push碰了几杯，Push说："Sukey，让我看看你有多重。"接着，他将我一把抱起来，用他那双黑眼睛看着我，那双眼睛像是一对旋涡，卷入了太多不该卷入的东西。我忽然想，这个"好男人"，努力工作的王子，真的如他口中描述的那样吗？

但我实在是不想吐槽他做的事情，也没有办法责备他的行为，到嘴边的话只能吞下去。我承认是自己做错了，本就不该去见识什么上流社会，觉得他跟初次见面的那晚相比，已经让我感到很大的不一样。我慢慢懂了，为什么旅途中遇到的朋友总是最美好的。因为相处的时间太短，还没有显现彼此的阴暗面就离开了，所以我们总记着对方的好，记着在一起时的笑容，待久了，可能都是眼泪了。日久见人心，真实也很可怕。

散场之后，Push骑摩托载我回家，我的心情很复杂。同样的路，总觉得风景都变了，扭曲的、昏暗的色彩笼罩着一切。Push说，不如我们去琥珀宫城堡看月光吧！于是，引擎的声音响彻在通向城堡的石板路上，天那么黑，一盏灯也没有，都不知道他是怎么认得路的。在某处城墙，我们停下来了，月光静静地照在琥珀宫城堡上，那些历经几百年的大石头反射出淡淡的银白色，城堡下是点点灯火，稀稀疏疏的。我们站在摩托车旁，我的头发乱了，Push弯下腰帮我梳理。他轻轻地说："如果时光倒回百年前，我会是斋浦尔的王，我们就会住在这座城堡里，而不是城堡下的那个地方……"

Chapter 6

琥珀宫城堡的风吹散了子夜的云翳，Push摘下头盔，继续说："我喜欢你的头发在月光下的质感……"

在琥珀宫城堡的月光下，王子走下了神坛。

政党聚会与接二连三的性骚扰

有时候会觉得，斋浦尔都有些什么人啊，王子、花花公子、政客、暴发户、乞丐、叛逆少年……每个人都过着神经病一样的日子，说话全都真假难辨。但是，早上醒来，一开门就看见一只大猴子坐在我面前的围墙上大吃印度薄饼，一脸不屑地看着我，我又忽然觉得，难道不正常的是到处流浪的我么？

在阿梅尔的日子过得实在太荒唐，Push起床后，神色一如往常的王子表情，和昨夜判若两人。我们俩都很有默契，演技高超地假装各自做各自的事，他仅仅是提醒我，如果家里人问起，就说昨晚我去看午夜场电影了，他去接我回来。我说如果我实话实说呢？他说那么咱们会被家里的人杀掉的。哟呵，原来印度人表面上比中国人保守许多啊！

当我买完西瓜回来，看见Bharat坐在门口，就和他一起吃西瓜。他说下午开车带我去看老虎堡，但是在那之前，他要去政党聚会讨论募捐的日期。爱凑热闹的我显然不能错过这样的机会，旅行就是每天遇见新鲜的东西才刺激的。聊着聊着，他说："据说你昨晚和Push去琥珀宫城堡了？"

我心想，靠，阿梅尔也太小了吧！不仅每个人都认识对方，连对方做了什么都一清二楚，这座城市实在太可怕、太八卦了。想起昨夜Push对我说："你见到Bilu了对吧？你和Bharat看电影了对吧？Bilu肯定跟你炫耀他有很多女朋友，那些都是假的，他在吹牛！"难道这座城市里的人全是FBI（联邦调查局）的么！我拿西瓜皮喂牛，看着牛，我都忍不住怀疑是不是它们身上都装了针孔摄像机！

Bharat开车带我去政党聚会的场所，我心里一直蛮忐忑的，因为从来没去过这样的场合，根本不知道会是怎样的。车停在一家小型的酒店门口，地下会议厅就是政党聚会的地点了。一群婆罗门的大叔坐在一条长长的桌子两旁在讨论，不时有鼓掌和发言的声音。作为全场唯一一个女人，我表示坐立不安。

Bharat让我坐在他对面，他们竟然点了油炸食品和奶茶开始吃了起来。喂喂喂！这可是政党聚会！作为政党领袖，你能不能庄重一点点！！没过一会儿就散会了，不过说来也是，只是简简单单地商量哪天募捐，也不是什么大事情，随便讨论讨论就可以结束了。

Bharat开车带我上了老虎堡，天气阴晴不定，一会儿下雨、一会儿晴天的。到了城堡上，可以眺望湖中宫殿的风景。Bharat说，等天黑的时候，在城堡的另一侧可以看见无数的灯火，非常的美。我们在下着细雨的断壁残垣上跳着走，城墙绵延不断，在一个瞭望台遇见坐在城墙下和车夫喝啤酒、抽大麻的德国女生Hannah。

可能是因为抽了大麻，Hannah总是笑个不停。我上去搭话，我们四个一起开心地聊了起来。Hannah已经独自在印度旅行了六个月，她穿着一身印度的劣质衣服，短头发，笑起来很可爱。聊了一会儿，天开始黑了，Hannah说她在印度遇到了露阴癖，我问跟德国的比有什么区别么？她说：“更黑。”我们笑得快要滚落到城堡下繁星闪烁的夜色中去了。

Bharat带我继续沿着城墙向前走，不时地把我举起来爬到高高的城墙上。斋浦尔的灯火很美，但是我对他这种把我抱着举起来的行为表示非常不满，警告他不许再碰我。我们默默地绕了城墙一圈。

Bharat说，多遗憾啊，跟一个漂亮女生一起在这么浪漫的城堡上看灯火，竟然没发生什么。我心想，靠，你都三十五岁了，结没结婚我都不想问了，麻烦作为一个政党领袖，在选举前别搞绯闻了好吗，而且摆正你的心态吧大叔！你已经不年轻了！而且，你！不！帅！

逛完一圈城堡，Bharat载我回去，路上他说他明天就要去新德里，我大喜过望。在我没开始讨厌你之前，你快走吧！结果，他第二句就说：“但是因为你在阿梅尔，所以我不走了，我要留下来。”

我心里瞬间响起了《最炫民族风》的节奏！留下来！我说大叔你别这样啊，我在哪里关你什么事啊，我回中国你难道要跟我一起回去么？太让人受不了了，到最后，我都不想跟他说话了，净听着他说着那套我在印度已经听到耳朵生茧的废话和各种言语上的挑逗与骚扰，最后实在没兴趣再跟他往下走了。

他带我往回走，路上有很多不良少年在城墙上抽烟喝酒，他说这些人再醉一点儿就要犯强奸案了。我心里想，你没喝酒也好不了多少。总算开始开车下城堡了，我恨不得他快点儿把我放回去，这路上黑漆漆一辆车也没有，被他抓去卖了也没人知道。家里还有个没良心的王子，我要是丢了，他一定以为我不辞而别了，很可能还会给个差评。最后，我和Bharat不欢而散，到Push家附近下了车，我连再见都懒得跟他说了。

朋友易得也易失

在斋浦尔待了这么多天，基本都在养病，琥珀宫城堡就在离Push家五分钟路程的地方，我却一直没有体力去。养到5月11日这一天，我终于感觉好一些了。

Vera告诉我，拿学生证买票可以半价，她根本没有学生证，就拿德国的驾照假装学生证，反正售票的也看不懂德文。那对我来说就更好办了！德文字母至少还是跟英文差不多的，我给售票大妈看中文，保证她一个字也看不懂！于是，我就拿身份证去买票，硬说是学生证，跟售票处磨了几分钟，果然买到了半价票，对于我这样没志气、没出息的人，买到半价票比看完整个琥珀宫城堡和风之宫殿都更开心！

琥珀宫城堡的美超乎想象，宫殿的每一处都极尽华丽繁复，我不禁想起那个王子，他果然是适合住在这里的人啊！在琥珀宫城堡，V走后，我第一次听到了中文，一看就知道这是一个坐着吉普车来的旅行团，他们不断抱怨天气的燥热和对宫殿的审美疲劳。忽然很庆幸自己没有参团、没有旅伴，就这样一个人，背着三件衣服就来了印度，虽然辛苦，但是我体会到了原汁原味的一切。有积极也有消极的，可这样才是真正的旅行！

看完琥珀宫城堡，我坐在城堡门前的围墙上休息，又有一个戴眼镜的男人过来跟我吹牛聊天，邀请我一会儿去城堡下面的庙里聊天。结果我到庙里坐了大半天都没人来，天气热得让人懒得去风之宫殿，反正庙都长得差不多，我还是出庙去买一个木瓜好了。

回来时看见Bharat坐在路边，他先为之前的事向我道歉，然后说他在看一本足部按摩的书，问我要不要试一试。我想着反正也没事做，不如再给他一次机会，看看他昨晚是不是忽然精虫上脑了，或许今天会变正常，就跟着他回了家。我一边吃木瓜，一边享受大叔的按摩，但是总觉得怪怪的，被一个大叔捏脚有种说不出的怪异和恶心。

过了一会儿，他拿出一个会震动的机器说让我趴在那里帮我用机器按摩，我就傻乎乎地趴着让机器在我背后震来震去。过了一会儿，他又叫我翻过来，这时，我才真正感觉到这种行为的变态之处，对他说我生气了，我要走了。他再道歉我都没有听，直接跑出了门。

再一次，我心情复杂地走在街上，好在阿梅尔是会给人无限惊喜的地方。走到一个厨具店门口，店主叫住我说："五分钟之后有奶茶送过来，要不要和我们一起喝？"

于是，我又神经大条、毫无戒心地坐下来，和店主聊天、喝奶茶，店主对中国的东西都非常感兴趣，问东问西，问了很多，我也问了他很多，最后得出的结果是，中国跟印度其实在很多地方是很像的。比如，都有许多人在金钱的洪流中迷失了自己，都会有贫富差距的问题……

店主说，现在的骗子可真多啊！我说何以见得？店主说就在附近的店铺，曾经有一些非洲人来批发工艺品，东西都运回去了，说自己出国不能带现金，怕被政府发现，所以把美元都涂成黑色，假装纸片带了出来，并且当场拿出一瓶药水洗了一张黑色纸片给店家看，还真洗出了美元！店家就相信了他们，拿着黑色纸片回家了。可是非洲人走了之后，纸片还是纸片，再也洗不出美元了！

我听完整整笑了十分钟，过了很久，一想到这个故事，还是会大笑，该说他们善良呢，还是该说他们天真呢，这种伎俩估计也只有印度人会相信吧！回去之前，店主说他每天都会在相同的时间坐在相同的地方喝奶茶，约我下次再来喝。

回到家，发现Push不知道为什么这么早就回来了，披着一条毯子在门口坐着。我一摸他的头，发现很烫，问他是不是发烧了，想把药拿给他吃。他说不用了，洗个澡就好了。我想，那等他洗完澡再拿给他好了。

结果他洗完澡，意气风发、一脸帅气地走出来，一摸头，已经不发烧了！我×！真是开了挂了！他的头发都没吹干，就又带着我骑摩托兜风去了。真心觉得像Push这样男模身材、男模长相的人，穿什么衣服都好看，戴上墨镜更是帅到不行！而且他本身就很会打扮，尽管我内心对他还是存在着很复杂的感情，不过还是拒绝不了跟他去骑摩托的邀请。

路过Bharat的店，我们都装作不认识对方的样子，风驰电掣而去。印度就是这样的地方，一切节奏都太快，你曾经认为“三十年河东，三十年河西”需要很久才会发生，却没想到一切如此之快，让你猝不及防、唏嘘不已。

行囊里的东西还是那么多

回忆却沉甸甸地压着行走的每一步

眼睁睁看着最初的美好——粉碎

所以才要继续上路

去寻找新的美好

Chapter 7

Fabulous

Chapter 7

Fabulous

第七章

总是在最差的时刻遇见最好的人

心之裂痕

没骑多远，Push停下摩托车，让我上了一辆本田的轿车，我心想，不会又要把我卖一次吧！后来发现，他这一晚果然又要卖我，只不过不是卖给这个人而已。我、Push和大叔一起坐在车上，大叔载着我们开到一片开阔的地方。

Push买了啤酒和零食，和大叔坐在车上边喝边吃，我在后面坐着听他们用英语夹杂着印地语交谈，半懂不懂。天忽然下起很大很大的雨，过了一会儿又停了。我走出轿车，看这一大片草地和蓝天，他们依然在车上滔滔不绝，顾不上理我。我听到大叔对Push说："你人生的前二十年在努力学习，之后你努力工作，但是人生这么短，你有多少时间留给自己？多少时间留给生活呢？你赚到钱了，然后呢？你老了。"

Push说还要再跟大叔多聊一会儿，就把车开到路边，指着一个骑摩托的男生说让他带我去玩。就这样，我被扔给了这个叫Manoy的男生。Manoy骑摩托带着我开进树林里，说去看孔雀，我们一路开到一个储水池的遗迹附近，天已经将近黑了，估计是没有孔雀看了。他让我不要说话，在暮色中，树林里传来孔雀和老虎的叫声，神秘而又悠远。听了一会儿，他载我回去，说Push在路边等着我们。

果然，Push坐在路边，朝我眨了一下眼睛，招呼我坐下来，Manoy去买啤酒。Push说："昨晚的Vikram真的是一个千万富翁，如果你利用他，你可以过得像公主一样。"我说我不想。他说："你不懂。"我不想再说什么，我宁愿做那个在印度火车地板上睡觉的乞丐，也不要做这样的公主。

没聊几句，Manoy两手空空地回来了，我正想问啤酒在哪儿呢，结果他掀开衣服，啤酒竟然被塞在他的腰上！整整几大瓶冰的。大哥！你真是不怕冷啊！！Manoy说要换个地方聊天，于是他又载着我和两瓶啤酒去了一个根本没有灯的荒野，中间有两个油桶横在那里。

我们一边喝啤酒一边聊天，我以为Push会随后跟来，等了很久也只有我们俩，我问他Push怎么还没来，他说Push随后就到。联想到Push朝我眨眼的表情，看来这位兄弟就是我今晚的“买家”了。Push百分百是不会来了，把我搁在这儿跟一个不认识的人喝酒，他还真做得出来！一想到这个，我就没心情喝下去，好在天够黑，我一边假装喝酒，一边偷偷倒掉了大半瓶。

还好Manoy也是中产阶级以上，倒是不会随随便便就对我有什么威胁。只是聊天的内容很无聊，我实在想不通，黑灯瞎火的，坐在一个大荒原中间的油桶上，能聊出什么来。他约我明天去看电影，一想到电影我就想到Bharat，心情变得更糟糕了，随便聊了几句就说我累了，不想聊了。幸而他是真的没再纠缠，没说什么太不靠谱的话，就把我载去饭馆吃饭。不能不承认，不管是在哪个城市，印度菜都难吃得要死，很快又到了晚上十点，喝了酒，我很不舒服，吃完饭就让他载我回家。

Push在家里的天台上跟两个新来的沙发客男生聊天，看着他继续在新朋友面前装纯，说自己有多优秀、多努力的故事，我觉得心很累。看完风之宫殿和简塔·曼塔天文台，我就离开斋浦尔吧！美好的东西正在一一破碎，斋浦尔不是久留之地。

在印度待了二十天之后，我开始想自己的退路了。直接从印度飞回国显然有些不甘心，而如果从泰国转机，曼谷已经旅行过了，所以，最好的方法莫过于飞去吉隆坡中转。然而最大的问题是，我没钱买机票！在东南亚漂到第四十天的时候，除去签证，我只花了两千人民币左右，其实并不是家里穷得出不起机票钱，而是我想看看靠自己可以走多远。

于是，我又发了一条微博，求从印度到马来西亚的机票，以做导游和翻译为交换，幸运的是，半个小时内有一位好心人愿意给我机票。就这样，我定下了5月24日从加尔各答飞往吉隆坡的行程。在印度的二十天，从一无所知到独自走到斋浦尔，其实不做攻略旅行也没那么恐怖，路上有很多人可以咨询，每当你不知道怎么走的时候，让他们推荐下一站给你就可以了。

因为斋浦尔的古迹联票只有两天有效期，所以一天要走遍风之宫殿、简塔·曼塔天文台和博物馆。说实话，我并太在意看不看这些古迹，因为可以在任何网页上搜索到世界上最美丽的景物，就像泰姬陵一样。但是，印度的吸引力在于人心。或许看到美丽的风之宫殿，看到那繁复的装饰，我会惊叹一阵子，但是几年以后，我相信我记住的只有“我曾经到过那样的地方”，记忆里的风之宫殿跟别人照片上的没什么区别，但我在斋浦尔遇到的人却是独一无二的，我会去回忆、去揣摩，为什么王子会变质；为什么朋友会反目……这才是印度真正带给我的东西。

王子和痞子

在我心里，风之宫殿的地位远高于泰姬陵，不知道是不是因为风之宫殿的门票便宜的原因。它保存完好，而且处处都极尽繁复，每一个细节都很精致。简塔·曼塔天文台是座古天文台，有很多奇形怪状的观测台。不过在我看来，真的没啥意思，我宁愿用参观宫殿的时间多交一个朋友。

走着走着，朋友就又出现了，我正在发愁怎么从简塔·曼塔天文台去博物馆的时候，一个骑摩托的哥哥停下来问我想去哪里，我说博物馆，他就这样免费载我去了！路上他问我是不是沙发客，天哪，斋浦尔不是“粉色之城”吗，粉色我倒没怎么见到，但“沙发客之城”是绝对的！在中国，我每次说到沙发客都要解释一番，很多人还不能理解。可为什么这里每个人都知道沙发客啊！在博物馆前停下来，我感谢了他的好意，互相道一声再见就忘记彼此的脸。印度是个太奇妙的地方。

博物馆不是我爱的地方，我对陈列在那里的蔬菜种子和冷兵器丝毫不感兴趣，也不喜欢那种又热又闷又阴暗的气氛，遂走出门口吃块西瓜透个气。我去，印度的西瓜都是加了泻药的吗？吃了不到一分钟就拉肚子！

还好旁边有公厕，但为何名为公厕，管厕所的女人却还要朝我收钱啊！好吧，你收了我的钱，我就去看看能不能也从你身上捞点儿油水。管厕所的女人和另外一个纱丽大妈坐在厕所外面的椅子上吃午饭，你收了我的钱，我就蹭你的饭！她也非常热情地邀请我一起吃，不过吃的东西跟其他印度人吃的一样没意思，印度薄饼蘸着酸奶吃，其他什么菜都没有，得了，吃完我又要拉肚子了。

从乌代布尔之后，我基本没吃过什么正常的饭了，每天都是以水果度日，因为病了两次，我几乎用了半个月休整身体，而印度的东西不是油炸的就是碳水化合物，根本吃不下！幸亏在住地周围找到了一家清真饭馆，才让我在印度二十天来第一次吃到肉。其实我算是半素食主义者，但是我在印度很痛苦，因为我讨厌印度咖喱，不得不去吃肉。

看完所有古迹，我打算去风之宫殿门口搭车回阿梅尔。在车站附近买了小贩卖的油炸食品，他竟然用报纸给我包，还是新鲜的报纸，字都印在食物上了，是有多恶心！我更佩服自己竟然试图坐公交车回去，因为我一不知道在哪里坐公交，二不知道坐几路车。路上又被公交车丢在不知道是哪里的地方，便随便换了一辆公交车，最后竟然还能回到阿梅尔。

又是接近下午四点，店主像前一天一样坐在门口喝奶茶，看到我又很热情地邀请我过去一起喝。天气阴晴不定，过了一会儿下起雨来。阿梅尔很小，每个人都互相认识，又过了一会儿，Bilu和他表哥竟然也过来一起喝了。

在一群人面前，Bilu表现得没有那天那么搞笑，甚至还有点儿害羞，这实在是太可爱了！不知道为什么，我总觉得跟Bilu很投缘，喜欢他身上的真实、不伪装，他就是个坏男孩，就是整天在琥珀宫城堡待着，等着泡西班牙妹子，就是喜欢喝酒夜归，不会对父母撒谎说什么“看午夜场电影接朋友”。就要离开斋浦尔了，我给他拍了张大力水手姿势的照片，想起几天前Sudesh和他一起开玩笑说当我男朋友的事，没想到离开斋浦尔之前还能见到我的“男朋友”。

Bilu的表哥更加无厘头而且极品，没聊几句就开始跟我灌输他的人生经：“真爱一生只有一次，我有很多女朋友，她们都愿意跟我好，在阿梅尔，每个人都认识我……”跟印度人聊天，大部分时间都在听着他们吹牛，而且我也不明白为什么表哥说真爱只有一次却还要去玷污别人的真爱。眼看着天快黑了，表哥说带我去吃点儿东西。

印度有些地方很奇怪，比如在阿梅尔，全城只有一个地方可以买到啤酒，还是一家很远很偏僻的小店，遮遮掩掩的。表哥说大家都在假装不喝酒、不吃肉，可这全城唯一卖酒的地方却有一堆人过来光顾。

表哥骑摩托带我风驰电掣般地跑到这家小店，买了几瓶啤酒还有薯片之类的，我心想不是吃晚餐吗？怎么又要开喝了？于是拼命请求表哥先去吃晚餐，表哥虽然不是很愿意，还是带我去了他口中“全镇最好吃的南印度菜”餐馆。我只想说，跟北印度菜相比，其实难吃程度不相上下！但是看到表哥诚意满满的样子，我还是要装出味道真好的样子吃完，真是太痛苦了。

吃完又要开喝了，这也太没意思了，为什么每天都被不同的男人拉去喝酒，他们究竟是什么目的？难道认为中国女生一瓶啤酒就能灌倒吗？我喝啤酒还从来都没喝醉过呢！表哥骑摩托把我载到一个古迹附近，在满台阶的牛粪中找到一个不会直接坐在牛粪上的地方开始喝酒，天黑了，一盏灯也没有，我又偷偷倒掉大半瓶啤酒，他也没发现。聊天的内容又是很无聊，聊了没一会儿，我觉得实在太没意思了，就像前几天一样，让表哥骑摩托载我回去了。他们的脑子究竟都是什么构造？真是不能明白！

晚上Push回来后不久，从来不愿进Push家门的Bilu竟然跑到家门口来找我，看着Push的表情，我觉得火星撞地球了！幸好他们俩没打起来。Bilu看起来像是喝了酒，说要带我去兜风。喝醉的他像个小孩子，一直赖着不肯走。没办法，我在他额头轻轻一吻，一字一顿地告诉他，明早见好吗？他这才安静地回去了。我的天平在斋浦尔的最后时间里向Bilu倾斜了，比起装得像个木偶的腹黑王子，我还是喜欢花花公子的真实可爱。

本想最后的早上一言不发地就走掉的，但是醒来的时候还是犹豫了，抛弃个人感情的因素，至少在Push家住了一周，必须要告别的。Push一般九点多才起床，我想，先出去转一转也没问题，七点在Mela and Krishma寺庙等Bilu，他带我去了山谷中的一座在建的小庙。

晨光安静地洒在树林里，我竟然看到了孔雀在小溪的源头喝水，尾巴在晨光里闪着五彩的颜色。在半沙漠化的斋浦尔，能有这样一方植被茂盛的小天地太难得了。我们坐在石头上，听着风吹过林间的沙沙声。我对斋浦尔的谎言和真实都已经感到厌倦，在这里生活，每天都像坐着过山车，心情经常有一百八十度大转弯。快乐的时候很多，也经常感到疲惫，因为有时候过一天就像一年一样，很多东西想不通，大脑消化不了。很多朋友来了又去，速度几乎是中国的几十倍，有时候觉得太难窥探人心，有时候却又清楚地知道那个人内心的想法。我甚至也不知道身边的Bilu说的话是真是假。

Bilu说带我去他在乡下的一个别墅，骑着摩托车带我开了很久，路上的老乡见到Bilu都打招呼，并寒暄着。我猜他们是在问“你又带妹子来啦？”感觉名声坏了呀！还好到了别墅，不是什么奇怪的地方，但是房间里什么家具也没有，据他解释，这里是专门带朋友来开派对和喝酒的地方。孤男寡女共处一室太奇怪了，而且Bilu就坐在我面前盯着我看，不得不承认他的脸是我的菜，身材也挺不错的，不过节操让人堪忧啊！过了一会儿，我就要求回去了，气氛太尴尬。载我回去的路上，Bilu说："你是我爱过的第一个中国女生。"我又无语了，就算是帅哥，印度人还是印度人啊！

回到家里的时候，Push已经起床上班去了，选在周末走也是想着他应该不会去上班可以好好告别，可惜最后还是没见到，这样的结局不知道是好还是坏。

和狗狗朱莉告别，它一直趴在床下不肯出来。想起我第一天刚来的时候，它总是在我周围蹭来蹭去，还吃掉了我的番茄炒蛋。吹过城堡的风裹挟着沙漠的气息，世间万物都如此多变，仅仅一周的时间，最初那个骑摩托载着我的人，指给我看山坡上宏伟的城堡的时候，月光尚且温暖，一切都还没发生，而后却忽然出现了这么多人，这么多事，让人猝不及防。

行囊里的东西还是那么多，回忆却沉甸甸地压着行走的每一步，眼睁睁看着最初的美好一一粉碎，所以才要继续上路，去寻找新的美好。

我坐公交车去了汽车站，开始新德里的沙发冲浪之旅。

终于遇到好心人

因为实在是对没空调的巴士和火车都感到无限恐惧，这次我也不打算节省了，花五百印度卢比坐车去新德里！虽然说如果坐没空调的只要二百五十卢比，中暑生病买药要六十卢比左右，这样算下来还是比五百卢比划算……但是估计再这样折腾一次，我就真死了！在印度的二十多天以来，第一次吹空调啊，印度人都是疯的么？整个拉贾斯坦邦都四十三度，但是没见过任何一个地方有空调，我住的虽然不是高帅富家，但至少也是中产阶级的家啊，怎么会都没有空调！他们晚上都安然睡去，街上的乞丐更是上午十点、十一点都可以安然在太阳底下睡着，我对印度人的耐热能力感到无比敬佩！

在斋浦尔的时候发了一封沙发请求给新德里的一个排名颇前的沙发主，并且设置为整个新德里可见，结果收到近一百封邀请函邀请我去住！除去了纯粹想约炮的、没有头像和内容的、单身住的男人，最后我选择了Vikram，他的头像应该是他跟妻子的合照，非常恩爱的样子，而且他住在新德里的市中心，交通方便。但是我也和其他几个看上去靠谱的沙发主商量见面，因为旅行就是要认识更多朋友嘛！

坐了一整天的汽车。空调车上果然都是受过教育的人，一大证明就是没人跟我搭讪，我一个人默默坐在那里，担心手机没电，也不敢玩手机。无聊地待到六点左右，我终于到了新德里的比卡内尔酒店，一出车站就看见Vikram在门口接我，一看就知道是个很好的老实人，我顿时放心了很多。他开车载我回家，到了家我发现，他也是一个人住的，老婆在家乡生孩子，还没来新德里，我顿时心里觉得有一点儿毛毛的，跟独居的男人同住一套房子，我还是觉得有点儿可怕。

在印度用银联卡几乎不能取钱，只有找到汇丰银行和花旗银行才能取。我出来的时候身上只带了四百美金，在印度换了两百，觉得汇率实在不划算，所以好不容易到了新德里，第一件事就是要去汇丰银行取钱。Vikram是东方商业银行的工作人员，对全城银行都很熟，谢天谢地，在他的帮助下，我终于取到钱了，不是穷光蛋了！他开着车带我逛中心区，介绍一种很有名的牛奶给我喝，喝完又带我去超市，买了很多菜回家，做了丰盛的一餐给我吃，感动得我差点儿没泪流满面了。很多天没有吃过这么好吃的东西了，虽然还是各种咖喱，但是不知道为什么，Vikram做的就是比别人做的好吃，再配上酸奶、新鲜水果和黄瓜，即使已经是晚上十点了，我还是都吃了下去。印度人吃饭这么晚还这么丰盛，不长胖才怪呢！

第二天早上，Vikram骑单车载我去公园晨练。到了新德里，才有了一点儿自己在城市的感觉。在斋浦尔，路上经常可以看见骆驼、大象、猴子、牛、狗、猪、羊、马、驴、松鼠等等动物肆无忌惮地晃来晃去，新德里的街道就像世界上任何一个大城市一样正常，这忽然让我感到不习惯了，路上没有牛怎么能算是印度呢！公园里有只“馋了想吃中国菜”的狗在我后面偷偷跟着我，舔我的手，我们都对这种“吃中国菜”的行为感到很好笑。这个公园貌似是一个名胜古迹，但是原谅我从来没做过功课，他说什么我也不记得了，所以我也不知道这些建筑叫什么名字，总之蛮好看的，虽然不如风之宫殿。晨练完，Vikram又载着我回到家，做早餐给我吃。他太擅长厨艺了，做什么都很好吃！咸味的酸奶加了胡椒竟然都很好吃！他对我太好了，好到我很想逃走，在印度竟然可以遇到不对我性骚扰、不发神经、不拉皮条的沙发主，我的RP太高了！吃完饭，他上班前又载着我去了马来西亚大使馆，真是好得让人泪流！

在印度办马来西亚签证绝非在中国那样简单，在淘宝网上打八十块钱给店家，一星期就拿回来。在马来西亚大使馆，一群印度大叔挤在那儿，排了很久队，终于排到了我，工作人员直接叫我回国办，我说你妹呀！姐的机票就是十天以后的，你竟然叫我回国办？这绝对不可能！我又跟工作人员磨了一会儿，他叫我提供一张抬头为马来西亚大使馆的银行汇票。本来我根本不知道银行汇票的英语单词是怎么说的，这下“秒懂”了。还要填一张申请表，打印从印度到马来西亚的机票，写一封信给大使，描述我究竟要去马来西亚干什么。

填表和打印机票倒是不难，但是银行汇票怎么弄我就犯难了！周围有一家巴罗达（Baroda）银行，但可恶的是，工作人员说今天“网络坏了”不能弄银行汇票，银行竟然有“网络坏了”这样的事情存在，真的让人无法理解！工作人员又告诉我，附近有另外一家银行，我就开始找另一家银行，可是我忘了，这里还是印度，印度人说的话都不能信，跟印度人问路都是白问，所以我折腾了两个小时也没找到那家银行在哪里，只好坐了一辆三轮车去“附近”的其他银行。印度人果然是没有距离感的吗？“附近”的银行要多远有多远！到了银行一条街，问遍渣打（Standard Charter），Yes，HDFC等种种银行，最后终于找到国有银行Canara Bank可以办这张银行汇票，但是总共五百印度卢比的汇票，银行竟然收了一百一十二印度卢比做手续费！而且还跟各种父老乡亲排队，等了近一个小时，弄完都快被折磨死了。打印了机票，想着保证书到了窗口再写，结果回到大使馆的时候，发现大使馆已经关门了！原来大使馆只在上午开门受理签证申请！我顿时气得七窍生烟。

超级温暖的大叔

看着天还很早，不想那么快回家，于是我就随便发短信给了Aditya，Himanshu，Shamik这三个曾经发短信给我的沙发主，没想到三个人都回了，下午忽然变得忙碌了起来，一下子要见三个人！Aditya开车来使馆区，请我吃了一个看起来像冰淇淋实际上加了数十种不同味道的香料的油炸脆饼，还借了他的手机卡给我。他是个做酒店代理的商人，手腕上的Armani（阿玛尼）手表闪闪发亮，吃完下午茶，他还有工作要做，就送了我去地铁站。路上他邀请我去他家住，可他家是两个单身男人住一起。我嗅到他身上有些许危险的气息，所以决定之后都不考虑再见他。

Himanshu住在离新德里地铁最远的一个站——Bardarpur，而且还要再开十几分钟车的地方，相当于在北京住大兴区，在上海住浦东机场，在广州住金洲，在深圳住到差不多惠州去了，要多远有多远。我坐了很久的地铁，到了Bardarpur，又等了他很久，正感到郁闷的时候，看到一个笑容超级阳光的邻家男孩型帅哥迎面走来，那一口整齐的白色牙齿简直在闪光！他竟然就是Himanshu！女流氓瞬间就不烦躁了！看来在Vikram大叔家住过之后，我一定要搬到Himanshu家里去住！旅行可以辛苦、可以挨饿，但是帅哥不能没有啊！我就是个不吸取教训、时时作死的人！Himanshu的朋友Firoz开车载着我们回到Himanshu的家里，他们俩很搞笑，一个印度教徒、一个穆斯林教徒，照理说凑到一起，猪肉牛肉都不能吃，但是他们经常一起偷偷去吃肉。他家是一座很漂亮的郊区小别墅，里面又干净又宽敞，他的妈妈和姐妹明显都受过教育，见到我完全没有大惊小怪。坐在家里聊了一阵子，我告诉他我根本不知道新德里有什么好玩的，他拿出我的本子帮我标出每个地铁站有什么名胜古迹可以看，还非常详细地告诉我每一个市场的位置，帮了大忙了！说着说着天快黑了，我们约好过几天再见，又坐地铁去见下一个沙发主，见朋友简直像赶场一样！

Shamik是个律师，他说法庭休庭，放四十五天大假，因此他得以天天有空出来玩。他带我去Khan Market的一间叫Mamagoto的巨小资的餐厅吃晚饭，我第一次知道印度也有如此小资的地方存在！整个餐厅是混合着中式与日式的亚洲风格，提供精致的亚洲菜。每一寸空间都充满创意。我们点了一瓶翠鸟（Kingfisher）啤酒，聊了几个小时，恍然感觉不在印度了一样。印度上等种姓的人果然都受过良好的教育，和他们可以很自如交流。尤其是律师这种职业的人，更是可以从他的话中学到他的思维方式，非常有趣。

Shamik载我回到家附近，他就走了。说是家附近，我出出入入都是和Vikram在一起，因此根本没留意过房子周围有什么风景，所以就在附近迷路了，走了很久也没找到家，总是看着眼熟，但是又不知道家在哪个方向。折腾了几轮，Vikram打电话过来，说他到家了还没看见我，我说我迷路了，找不到家了。他非常非常好脾气地穿着工作服，身上还戴着工卡就出来找我，带我回家。想到他每天要工作十二小时，下了班还不能休息，要出来带迷路的我回家，就觉得他对我实在是太好太好了！他给我做好吃的，载我去银行和大使馆，还时刻挂念着我，简直就像亲人一样，我实在是不好意思也不想搬去Himanshu那里了，还是把这件事拖几天吧。

Vikram对我是有多好！他得知我要写信给大使，我又没写过正规的文体，就先帮我写了一份，让我抄好给大使，早上上班前又送我去大使馆，终于递了签。剩下的事情就是两天以后的毕业论文答辩了。既然没办法回国，我想着要找到某网吧，装个QQ，让同学带电脑去答辩现场，这样我就可以跟老师视频答辩了。我还想着不如再住一晚就去Himanshu家，Bardarpur应该也有网吧的。事实却总跟想象不同，这是后话了。

Himanshu介绍我去R.K Ashramarg的Pahaganji市场，说这个地方有很多东西可以买，我想着反正中午也没事可做，就去这个市场逛逛吧。这个地方看上去跟曼谷的考山路、越南的范五老街差不多，是外国人集中居住的地方。街边有许多小贩在卖水果，随便坐下来，喝个椰子再走也挺惬意的，满街卖的都是不实用的破衣服，大都是一穿就坏的那种，我都不想看了，印度人缝衣服也太不认真了，一不小心就有洞。吃完一串不知道是什么的串串后，我又要了一杯冰酸奶，我永远都这么不知死活，病了这么多次还喝酸奶。走了很远，去Reliance的营业厅买SIM卡，因为拉贾斯坦邦的SIM卡又不能用了，这不是要气死人嘛！漫游这种事要多讨厌有多讨厌！结果发现Reliance打国际长途很贵，只能折返，便买了一张Idea的SIM卡，大手笔地充了一千卢比进去，完全是为了毕业论文答辩做准备的，一千卢比对我来说可真是一笔巨款啊！要是有部苹果手机就可以找个有网络的地方视频了，背包客通常都带着黑白屏手机游世界，虽然不怕丢，但是有时候真的还是会不方便的。我找了一家网吧，做好PPT发回国内。我总随身带着一个存了拼音输入法的存储卡，装在网吧的电脑里，这次真是派上大用场了，可以在印度做论文答辩的准备了！我估计是学校里第一个在印度进行论文答辩的人吧！我没敢告诉太多同学，只告诉了几个当天帮助我答辩的同学，其他同学还以为我坐早班飞机飞回国了呢。其实，我哪有那么多钱！

早在斋浦尔的时候，我就在微博上通过朋友的介绍，认识了在新德里国际经济学商学学生联合会（AIESEC）做义工的蘑菇，下午我们约在印度门附近的宫殿见。将近半个月没和人面对面说过中文，激动之情溢于言表！但是印度门好远，在马路的另一边，我们都太懒了，根本就懒得去。于是就一起满街晃，去参观了一座特别的清真寺，晚上一起去吃肯德基。在中国的时候，尽管我家楼下就有洋快餐，但是我讨厌油炸的垃圾食品，从来都没吃过，但是在印度这二十多天，我受尽了咖喱的折磨。记得刚进印度的时候，前人对我说，当你到了新德里，见到肯德基你会哭的！虽然我没激动到哭，但当我们一起吃到肯德基的全家桶的时候，我忽然感觉到新德里是多么的美好！好久都没有吃过这样熟悉的味道了！这是我在印度第三次吃到肉。但是，竟然连全家桶里也配了两盒米饭和两盒咖喱，看到就让人心碎！

无论是Push，Bilu，Himanshu还是Vikram，都姓Singh，好像我和姓Singh的刹帝利种姓特别有缘。而且他们有一个共同特点，就是身高在一米八以上，年轻的时候都长得很好看！其实我在收沙发邀请选择沙发主的时候，一般是不看对方照片的，但是遇到的都长得不错，人品就不评论了。在火车上遇到的印度人，很多都衣衫褴褛，根本见不到帅哥。而Push他们都生在中产阶级的家庭里，受过良好的教育，自身气质会有所不同。

晚上吃完肯德基，回家没有再迷路了，我不知道怎样对Vikram开口说自己第二天要走的事情。我不想走，但是一想到如果再住下去，又发生跟斋浦尔一样的情况怎么办。而且Vikram对我太好太好，我实在是不知道怎么感谢他，每天都会因为感到无以为报而更加愧疚万分，想来想去，我还是横下心告诉他明天要走。像他这样好的人，不会留我、不会赶我，也不会抱怨什么，说出来反而让我感到更愧疚了。

我尝试不要被愧疚扰乱睡眠，却迷迷糊糊地感觉到Vikram很晚还在走来走去没有睡觉。天亮的时候醒来，看到他歪倒在床上很痛苦的样子，我急忙问他怎么了。他说昨晚突发肾结石，半夜开车去医院吊了一瓶水又回来的，等早上医院开门了，还要再去医院检查。我不知道这种情况该怎么照顾他，只好陪着他去医院。

印度的私人医院很干净、很漂亮，也不像中国有那么多人排队等候。Vikram一边忍着疼痛一边还在打电话跟同事交代工作上的事，并跟我说，拍完片子他就回去工作。我的天哪，都肾结石了，难道不用休息一天么？我非常不能理解。Vikram微笑着说：“反正回家休息，痛又不会好。”我目瞪口呆！拍完片子，他温柔地送我出医院，依然带着不变的憨厚笑容告诉我该怎么去地铁站。他真是个好男人，我心里满溢对他的感激之情，几欲涕零。

喜马拉雅的树和越洋毕业答辩

搬去Himanshu家里后，他和Firoz带我去某不知名的城堡废墟游玩。这里的门票价格是外国人两百印度卢比，本地人十五印度卢比，所以他们教我，如果守卫问起，我就说自己是锡金人。为此他们还教了我一句印地语："大哥，我是从锡金来的。"幸好守卫没问我就放我走了，连十五卢比也没收，不然那句话实在是太复杂，记不住啊……

城堡废墟有点儿像长城，还有地下的部分，据说是当年的集市、监狱和民居。中午四十多度，Himanshu和Firoz穿着牛仔长裤走来走去，都不出汗，佩服死我了！看完城堡，他们又带我去看另外一个古建筑，我真心听不懂这些东西的印地语名字，翻译成中文我也记不住，只记得Himanshu说这是一夜间建起来的。我们坐在古建筑旁边的菩提树下聊天，风吹过菩提树叶，沙沙作响，他让我听，说是树叶在唱歌。Himanshu笑起来的样子真好看。他问我菩提树这个词用中文怎么说，我告诉他之后，他说：“那Himanshu就是喜马拉雅的树，对吗？”真是活学活用！

印度社会仍然是半传统、半现代的，所以很多人不能理解为什么我一个女生要独自在印度旅行。上次我去Himanshu家，被邻居看见了，邻居打电话给妻子儿女来围观……好像女生都不可以进男生家门的，我表示很无语。Himanshu说，印度传统社会是不允许谈恋爱的，到了要结婚的年龄，亲戚给介绍一个同阶级的女生，双方父母满意了，就默默地结婚吧！也就是传说中的包办婚姻，如果你喜欢上一个比你阶级高的女生，那就麻烦大了！她们家里一定会集体反对的，反之亦然。

我的天哪，爱上一个人还要先看家族背景，现在究竟是什么年代啊！而且年轻人谈恋爱如果不打算结婚都会藏着掖着的。如果警察抓到一男一女坐在车里，会以“告诉你们父母”为理由进行讹诈。我问他，警察怎么知道这一男一女是已婚还是未婚了，他说警察的判断标准就是对着这对恋人说出“告诉你们父母”

这句话之后，表示惊讶的就是未婚男女，而笑着说无所谓的就是已婚！怪不得新德里地铁的某些人少的出口有些男男女女坐在那里，原来他们是在夹缝中谈恋爱！这种爱情多辛苦呀！所以，我做沙发客最好偷偷进出，别被人看见。想起在Vikram家住的时候，他也提醒过我别告诉别人我住在他家，原来是有这样的隐情。我觉得在印度，女性的地位还是很低，至少比中国要低一些。在中国，我尚且觉得自己经常不被尊重，在印度住久了简直就活不下去了。我问Himanshu他会怎么处理婚姻问题，他说他崇尚自由恋爱，不会听从父母的安排，但是他现在都二十五岁了，还没有过女朋友，他又何尝知道一旦真的有了一个不同阶级的女朋友会对家族造成怎样的影响，真是越想越庆幸自己生在中国啊。

Himanshu说他家今天有亲戚在住，我不能住在他家，要住到Firoz家去。其实我住哪里都无所谓，而且第一次住穆斯林人的家，总感觉很神秘！实际上，穆斯林家庭跟普通家庭没啥区别，而且厕所没手纸，这一点来印度这么久了我都习惯了。Firoz家的房子跟Himanshu

家的差不多，也是一栋小别墅。唯一大缺点是没有电脑，我必须找到电脑，因为我要做PPT准备明天的越洋答辩，只好大下午麻烦两位帅哥载我去找网吧。不幸的是，Bardarpur所有的网吧都很陈旧，而且不能显示中文，我只能坐一个半小时地铁去Paraganj Market找电脑做PPT。

弄完PPT，回到Bardarpur已经天黑了，Himanshu叫我先坐公交车到Bandar的红绿灯处。夜晚的Bardarpur乱七八糟，路上没有灯，车都在乱开，灰尘漫天。我问路边的人哪辆车能到红绿灯，那人指着下一班车就是，我像得救了一样挤上公交车，可售票员说根本不到红绿灯，我靠！又被印度人坑了！一定要记住，不能向印度人问路啊！问车也不行！我只好下了公交车，在路边拦三轮车。路上根本就没灯，我都不知道他们怎么才能看到我在拦三轮车的，拦完还要跟基本不会英语的三轮车司机描述我的地点，拦了好几辆才碰到一辆三轮车是到那里的。Himanshu一直非常担心我，不断发短信过来，怕我遇到危险，不过在这种糟糕的情况下，没有遇到危险就是幸运吧！三轮车在夜里尘土飞扬、到处鸣喇叭吵成一片、让人无比心烦的路上开了很久，终于到了红绿灯。见到Himanshu的时候，我觉得自己像回到了家，不用再担心任何事情了。我抱着他的腰坐在摩托车后座，世界一片安稳，他没有回头，但是我能感受到他的笑容，像邻家男孩一样灿烂可爱。

他问我，坐新德里地铁的时候有没有注意到月光集市站，印度有一部电影叫《月光集市到中国》（*Chandni Chowk to China*），他一看到我，就想到这部电影。电影虽然是说月光集市到中国，实际上是我从中国一路到了月光集市，让他知道了很多中国的东西。我是他招待的第一个沙发客，当初他也是抱着好玩的心态注册了沙发客网站，也许是缘分吧，就看到了我在求新德里的沙发。没想到最后真的可以招待到我，他觉得以后可以开始招待更多人了，因为我给他留下了很好的印象。我不好意思地告诉他，他是我在新德里看到的最好看的人了，被他招待我当然开心啦！

一路花痴地被他载到Firoz家里，再次见识到印度人的晚餐风格，晚上快十点才吃饭，而且菜式非常丰盛，咖喱、黄瓜还有鸡蛋什么的，我忍不住饱餐了一顿。心里觉得这真的太不容易了，Firoz的爹妈该是有多开明啊，愿意让我一个外国女生住在他们家里。我住在他们家这种程度的事情，放在中国应该跟“在老妈面前和不认识的同性老外接吻”一样那么刺激吧！我只好不断微笑，不断说谢谢，来展示我大中华文化的亲和力，千万别在礼节上再犯禁忌，我的存在已经是个禁忌了！

Firoz给我一个很大的房间住，有一张很好的床，但是我的心情忐忑得要死，因为第二天就要毕业论文答辩，而答辩时间是印度时间早上六点，也就是说我根本不可能找到任何一家还开门的网吧，而且我住在这种超级无敌远的地方，即使找得到也去不了！我只好通过打电话的方式进行论文答辩了，对于这种可怕的首开先河的方式，我真的担心到睡不着！

做了一晚上噩梦，六点钟挣扎着起床，打回国竟然整整有五分钟无法接通，吓出我一身冷汗！答辩大体上算是顺利地进行了，因为没有办法视频，同学帮我把手机调到扩音的状态，放在老师面前，我一边讲，同学一边帮我翻PPT，其实我自己也没法搞清楚他究竟翻到哪一页了，不过就这样吧！讲完PPT，同学再帮我把手机拿到老师面前，回答老师的问题，老师明显都不太开心，尤其是最后一位老师，开口就是“我对你的态度很不满意，拒绝向你提问”。我的心都碎了，就这样灰溜溜地结束了答辩。

一整天没有心情做任何事，打了一下午的电话，又出去上网联系同学和老师。在印度，再可怕的状况我都可以冷静应付，但是唯独答辩，我真的无法淡定。直到最后得到答辩通过的消息，我的心才终于放下了，最可怕的事情已经结束。花了一千卢比电话费也算是值得了吧！

成为“三无”流浪汉

晚上去火车站坐火车，离开新德里去阿姆利则，Firoz开车送我去地铁站，结果开上马路不到五秒就撞了一个骑摩托的大叔。我眼睁睁地看着大叔从摩托上飞了出去，然后爬起来，一点儿也不气愤，慢慢走过来跟Firoz理论。我吓了一跳，Firoz朝我吐了吐舌头，说这种事天天都发生，没问题的！这开挂得真是吓死人了！

大叔说自己的摩托车旁边一个装东西的箱子被撞歪了，要Firoz把箱子扳正……喂喂喂！大叔！我刚刚明明看到你飞了出去，难道第一件事不是先赔医药费么？把箱子扳正就解决了么？我目瞪口呆地看着这两个开挂的人心平气和地在路边理论，Firoz看我坐在车里，怕我等得无聊，竟然先把我送到马路对面坐车去了，还一直陪我等到车来。大叔就在马路对面扳他的箱子。我看着这满街的灰尘，双向四车道的马路在印度变成六向八车道，这种交通状况不撞就怪了！怪不得我每一个沙发主的车都破破烂烂的，看来是每天都被撞！我过了这么多次马路没被撞，简直就是上帝保佑！我惊魂未定地挥别Firoz，看他就在那恐怖的车流中跑过马路，继续跟大叔理论，印度这地方真是太不一般了！

坐火车这种事，一定会蛋疼的，绝不能幸免！首先，火车站的人们就很不正常，一大堆头顶着两个甚至三个大箱子的人轻松地走来走去，这脖子是有多强韧！其次，就是地上坐着一堆手黑乎乎的还在乱吃东西的各色人等，看得人直犯恶心。在新德里火车站等七点从新德里到阿姆利则的火车，可是等到快九点了还没看到火车出现，我呆呆地在热得要死、全是屎尿的火车道旁边看狗打架。看了两个多小时，终于明白为啥印度人都爱在火车站席地而坐了，因为火车总晚点，等得实在太累了，根本就站不住，只能坐着，又没地方坐，所以只能随便坐地上。

最后，我真的不能忍受了，只好走去站长室求助。站长说那趟车早就走了，让我坐另外一趟火车，在某某某不知名站换一趟车去阿姆利则，说着就一路小跑带我去站台，说那趟火车就快开了。在印度经常看见火车已经开始启动了，一群人才冲上火车或者跳下火车。有一次，火车已经开得相当快了，一个大妈从火车上跳下来直接摔倒了，差点儿滚到铁轨里去，我在旁边大惊失色，但是大妈爬起来拍拍身上的土就走了，旁边的人也跟没看见一样！这次，站长带我到站台的时候，火车已经开得相当快了，马上就要离站了，站长跑得比兔子还快，说要跳上火车问个什么什么人，问这趟车究竟能不能换车去阿姆利则。我一想，万一他问到的答案是可以，我也要跳上开得这么快的火车了，所以我也背着包，玩儿命地跑着赶火车。跑了不到一分钟，我就觉得实在是体力不支，而且火车开得也太快了，这时站长敏捷地跳下火车，这么快竟然没摔倒！他说今晚在新德里火车站没有车去阿姆利则了，要我去旧德里火车站。

于是，我一身是汗和土、脏得跟流浪汉一样，只好坐地铁去旧德里火车站，随便买了个站票混上火车，找了个铺倒头就睡。就这样，睡了一晚竟然没有被赶走！凌晨醒过来的时候，看见地上睡的都是人，想起前几次我坐火车也是这样睡在地上的，感叹自己这次终于霸占了一个铺位，不用睡地上了！虽然这个铺真是脏到呼吸激动了点儿都能吹起灰尘来，翻个身都能感到自己刚刚接触铺位的地方在和泥，不过还好是干燥的灰尘，不是牛粪，也不是其他恶心的东西，没有蟑螂、没有老鼠，已经够完美了，不能要求太多了！而且我的护照在马来西亚大使馆，作为一个没有任何印度人可以看懂的证件证明自己的身份的“三无人员”，我觉得一身轻松。我终于变成一个真正的流浪汉了。

有时候恨不得马上就坐飞机
离开这可怕的地方
但是真正要走了却又舍不得了
我不知道在世界的其他地方
还能不能过得这么丰富充实

所有人都是神经病
所有人又都能原谅我的神经病

Chapter 8

Remarkable

Chapter 8

Remarkable

第八章

我没有死在印度

金庙的福利

早上六点多，我到了阿姆利则。最讨厌的就是每次下了火车又脏又累，还要跟三轮车司机讲价，讲不好还要吵架，幸好这次没有被坑。几乎去阿姆利则的所有人都是奔着金庙去的，锡克族的人是为了信仰，而我是为了蹭免费住宿和食物。

Chapter 8

早在乌代布尔就听说，在金庙随便你住多久都可以白吃白喝，当时就觉得，这地方简直是专为我而设的！这次我终于到了，可以开始白吃白住的日子了，开心到不行。

同样是寺庙，金庙和韩国寺简直是完全不一样的地方。韩国寺安静而纯粹，而金庙简直像个菜市场一样，拥挤吵闹。因为进去要包着头，所以能看到戴着各种各样奇怪头巾的人在穿行。而且还要脱鞋，把鞋寄存在寄存处，但是好像很多人都忽略了一件事，就是脱了鞋再走回金庙的路上简直烫死了啊！脚都要被烫熟了！

金庙从进门开始，到处都是人，他们捡着地方就开始跪拜，人们在庙里的湖里洗澡，沿着湖边走来走去，男男女女，各式各样、五颜六色的衣服，热闹非凡。有很多休息的大厅，一堆人睡在里面。我一心想找传说中金庙的外国人宿舍，绕了一大圈终于找到了，竟然有空调！条件敢不敢再好一点儿！多年没见过空调的土鳖看到空调就好激动好激动！洗完澡，我就去金庙的免费食堂吃东西了。

免费食堂非常非常大，有两层，可以容纳近千人同时就餐，门口有一群志愿者在帮忙剥蒜和洋葱，说实话，最后吃到的食物里面究竟有没有这些东西啊，我完全吃不出来！

食堂里面每隔一定的距离就铺着一条长条形的草垫子，一批人吃完之后，就会有人迅速过来清扫，然后换一批人继续吃。人们排着队、拿着外面发的餐具走进去，争先恐后地坐在草垫子上，开始有工作人员拿着桶来给所有人添食物，在我看来很像喂牛……食物包括一种黄豆的咖喱和一种绿豆的咖喱，印度薄饼随便吃，还有一道有椰奶味道的甜粥，这是我们大部分无法欣赏咖喱的人最喜欢吃的东西。当然，还有水。

到了这里，你就一定得用手吃东西了，因为没有任何人会给你筷子或者叉子的。不过在南亚待了接近五十天的我已经快不习惯用餐具吃东西了，这里刚好适合我，只是我既不喜欢吃印度薄饼，又不喜欢吃咖喱，只能狂喝粥。共产主义社会就是不给挑食的人活路了是吧！

下午和阿根廷男生Pablo还有两个中国男生一起去印巴边界看降旗仪式，其实去阿姆利则之前，我还不知道有这样的仪式，去了阿姆利则发现除了金庙和降旗就没有别的地方可参观了。大下午的，我们坐了很久的车到边界，但是到那儿的时候，已经非常非常拥挤，根本就进不去，我们也都不知道有外国人坐席，只能站在外面抻着脖子看，这一看就看了两个小时，我又不敢挤得太近，害怕被吃豆腐。

挤着挤着，我就跟其他人都挤散了，站在城门外面，作为全场唯一的外国人，我一直是被重点围观的对象，不断被各种人偷拍，当被拍到实在无法忍受的时候，我就拿起相机拍回去，但是跟印度人比，我显然差了好几个等级。他们可以连续盯着我的脸长达几小时，即使我发现了，盯回去，他们还是照盯不误！

为了防止被盯得太不舒服，我只能不断换地方，但有些人还是在人群里用目光一直搜索我，一看到了就又涌过来……你们都是神经病吗！还有找我合影的，我一般直接说我是收费的，拍一张五美金，他们就都默默地走了，临走还要偷拍我几张。为了缓解不断被偷拍的不爽，我也开始偷拍别人，还真给我找到了一个眼睛长得特别好看的萌妹子，我就在旁边一直偷拍她的长睫毛，但是她也太迟钝了，我偷拍了她半个小时她也没发现，不被发现的偷拍太不过瘾了！

快六点，里面的仪式终于结束了，很多人都撤了，我也就跟着撤了，白花了一百印度卢比，到了边境还不知道发生了什么事！净被人偷拍了，真是冤！

八方来疯

第二天早上六点多，庙里就传来了超大声诵经的广播声，还有食堂里万年不变的洗盘子声音，我就这么被吵醒了。一出门，发现外面的地上躺的全是刚睡醒的人！我还穿着会把腿露出来的睡衣，一路迎接无数注目礼，男人们死盯着我的腿看，女人们则一副鄙夷我节操的表情，进了厕所，更是不能避免被一堆大妈围观我这个穿着奇装异服的外国人。

和Pablo吃完早餐，我们去了金庙里面，在白花花的大理石走廊里跟所有印度人一样坐着，看佩刀的锡克族女子在湖边走来走去，守卫穿着五颜六色的衣服，包头布的颜色跟制服搭得很好看。可惜我完全花痴不起来，看来我的审美观还是比较东亚的，包头的、留八字胡的都不是我的菜，这应该是好事吧！不然再在印度待久一点儿，说不定又被锡克族的人求婚了。看看人家明晃晃的刀子，我万一不敢拒绝就要带个八字胡的包着头男人回家提亲了！别说是我爸妈，连楼下的保安都非被吓死不可！

湖边一个印度大妈会几句英语，过来和我们交谈。没说几句就一副媒婆姿态指着Pablo跟我说："他真是个好男生啊！你看看，长得又帅……"大妈你是有多极品，在印度给一个阿根廷男生和中国女生牵红线，真是八竿子打不着的事情都会发生。我们俩都很无语，大妈还一直不停地撮合我们。不是所有亚洲女生一看见蓝眼睛都会欲罢不能的，尤其是当这个男生说的英语带着西班牙口音，说三句你只能听懂一句的时候。

Pablo说他在印度有七个月了，经常在生物农场里面待着，这七个月里，他甚至得过登革热。他说这种病有百分之二十的概率会死，生病的那三天他卧床不起，觉得甚至骨头都在疼痛着。我忽然又觉得安慰了，我只是发烧拉肚子，跟登革热还差远了，他得登革热都没死，可见我也应该不会死吧？

中午和Pablo还有一个克罗地亚男生一起吃饭，一个西班牙式英语、一个俄式英语再加上我，我们是怎么实现顺利交流的呢？我到现在都觉得不可思议！最不可思议的是我觉得奇恶心无比的咖喱，Pablo竟然觉得很好吃！阿根廷人不都是吃好吃的大比萨什么的么？！什么时候也能接受可怕的咖喱了，我真是百思不得其解！

外国人宿舍里总是人来人往，曾经宿舍里有个人对我说："旅程中总是人来人往，我累了，已经不想再去接触和记住这些面孔了。"那个人只和我说了这样一句话，他默默地住在这里，又默默地离开了。他因为疲于离别而选择了不去接触，我或许道行尚浅，但还是想认识世界各地的朋友，不愿一个人安静孤独。

一天下午，住进来一个很有流浪范儿的法国女生，有一头编成一缕一缕的头发。她问我要不要在印度搭便车，从阿姆利则沿着喜马拉雅山脉坐去山间小城西姆拉，据说山区很凉爽，天上的云会卷着霞光一起奔下山，盖住山腰的小小教堂。

这时我才意识到，这已经是我在印度的最后几天时间了，在拉贾斯坦邦待了太久，其他地方已经没有时间再去。印度这地方，有时候你恨它恨得要死，它也折磨你折磨得要死，但是你总是会很犯贱地舍不得离开。这里一天可以让你体会到在中国一年的生活，一切节奏都太快了，仅仅一个月，我就觉得生老病死都体会到了。

晚上，又来了很多人，德国小帅哥马克（Marc）睡我旁边的床。他一双蓝色大眼睛，五官标致，完全挑不出缺点，身材又壮，穿什么衣服都好看，而且教养很好，说话的态度既温和又谦虚，德国人果然就是不一样。

跟他一起来的是哥斯达黎加帅哥弗雷德（Fred），这是我第一次遇到哥斯达黎加人，我甚至都不知道哥斯达黎加是在南美还是非洲。Fred说他本来是比利时人，小时候被确诊为心脏病，医生给了他父母两个选择：要么留在压力巨大的欧洲，成为医院的常客，把承受压力赚来的钱都送给医生；要么移民去一个没什么压力的地方，心脏病会慢慢好。于是，Fred的父亲就带着他移民到了哥斯达黎加。我不知道哥斯达黎加是什么样的地方，但是每当看到Fred脸上的笑容，感受到他环游世界自由的心时，我觉得这移民绝对是值得的。

阿米尔（Amir）和达娜（Dana）是一对以色列情侣，他们是我见过的人里最可爱、最有创意的人！Amir开一家收藏网站，因此得以不用朝九晚五地工作，带着电脑环游世界即可。我跟他们讲，每次印度人问我从哪里来，我会说刚果或者文莱。他们听到以后完全不像其他人有大笑的反应，却说："我们都说是从外太空来的，印度人还在点头。"给跪了！第一次见到比我更有手段对付阿三的人！

他说如果印度人问到Dana多少岁，他们就很干脆地说，八十八岁，她得了一种会显得年轻的病，看印度人半信半疑的样子，他们就在心里大笑。出来这么多年了，他们显得比其他的流浪者更加洒脱和可爱，行李虽然精简，但是却没忘记带上洗澡时的小鸭子……Amir说他曾经到中国混吃混住，在阳朔一周教一节英语课，不会说的单词就用希伯来语混过去。住在学生家不用花钱。他会几句中文，第一句是"多少钱"，第二句是"你好漂亮"，第三句是"我要亲亲"。我心想，你在中国除了吃饭就是泡妹子、耍流氓么？他还在香港的犹太教会住了两个月，假装学习，实则纯骗吃、骗住，一点儿进步也没有，因此两个月之后就被赶走了……有人说Amir长得好像耶稣，跟Dana一唱一和，我们全场人都笑得要死，真是浪迹天涯的神仙眷侣。

长得好看在印度不是优势而是灾难，Marc就是因为长得太好看而经常受骚扰。印度男人不仅骚扰女人，也骚扰男人！这让我终于感到心理平衡了一点儿。Marc说他在以小黄书闻名的克久拉霍——没错！就是我待了两天就被求婚的那个地方，晚上三点到的，坐了一辆三轮车去找客栈，车夫小哥开了一会儿，忽然幽幽地用浓重诡异的印度口音说："You know，I really want to be with you!"（你知道吗，俺想和你在一起！）

Marc大惊！印度小哥又继续欠揍地说："If I give you a chance ，will you go with me ？"（如果俺给你机会，你会跟俺回家么？）Marc说当时大半夜的，街上一个人都没有，听到这样的话，真心觉得很可怕，幸好印度人只是说说，并没有硬来……当时，Marc穿着南印度男人的裙子，坐在床上跟大家说这番话，有时还学印度人的口音，说完所有人都笑得东倒西歪。

要说我第一次出行的时候，还是个比较羞涩的妹子，连当众脱鞋都畏惧几分，走得越来越久，在意的东西就越来越少了，一直进化到早上我在全是人的男女混住宿舍里也敢公然换衣服了。看就看吧，反正身材也不差。

印度最著名就是左手如厕，右手吃饭。在阿姆利则我几乎每天都这样生活，因为厕所里没有厕纸，只有一个不知道用途的诡异小桶。厕所里经常塞满印度女人，锡克族的老奶奶洗完澡，头上绑着一把刀就这样出来了，不得不让人赞叹这民风的彪悍！湖边的带刀女子也是一身英气，真难想象柔美的纱丽下面竟然是一把弯刀。据说锡克族人都是上战场不怕死的战士，这下我真是见识了！

下午，我和Marc，Fred，Amir，Dana还有新来的中国女生燕子一起去边界再次看降旗仪式，因为上次实在是什么也没看到，不甘心，所以一定要再看一遍！这是何其偏执！Amir去哪儿都带着一个青蛙玩偶，我们一群人坐在去边界的三轮车上，兴致都很高，大家轮番唱起歌来。唱完歌，我们录像、拍照、讲笑话，一路开心得不行。和他们在一起，我总会忘了这里是苦兮兮的印度，忘了三天后我就会离开印度，总觉得好时光会绵绵不断。

跟一堆大妈排队去边境的时候，Dana走在我旁边，一路都在恶搞印度人。旁边的大妈推推搡搡，她就做鬼脸，说乱七八糟的话吓唬她们，纱丽大妈纷纷对我们侧目而视，Dana这个疯子，让我觉得开心得不行。

这次去边界终于受教了，就是从后面绕进去坐在外国人专座，终于不用挤得那么可怕了。降旗不能不看的原因是，这应该是全球最二的仪式了，没有之一。我完全不能理解印度人是怎么想的，一个每天都有的边界降旗，为什么每天都弄成一场狂欢，不累么？男女老少花一百印度卢比去边境，经常还挤得要死，两小时挤不进去，就在外面不知道围观些什么。

四点多，开始有印度女生举着印度的旗子跑，全场开始起哄欢呼。我感到非常莫名其妙，欢呼些什么呀！之后还是放音乐，一群女人挤进中间跳舞，我又觉得莫名其妙了，为什么降旗之前要跳舞？开始放神曲，天气热得要死，下面的人像疯子一样跳得开心到不行。我完全找不到他们的兴奋点在哪里，外国人的席座上都是一片莫名其妙的眼神。

仪式开始后，先是两个女兵像竞走一样走向印巴交界的城门，之后又是各种男兵走，每一步都像想要踩碎地板似的，立定的时候把脚抬到超过头顶的高度狠狠跺下去，跺到自己都站不住差点儿摔倒为止。

看台上的人开始欢呼，莫名其妙地欢呼，然后一个人带头，用麦克风带领全场喊“Hindustan（印度斯坦）……”反正我只能听懂那个Hindustan的发音。印度这边人山人海，跟巴基斯坦那边没几个的围观群众斗喊，全场莫名其妙地沸腾了起来，我始终不知道发生了什么事。又是来回好几轮爆血管一般激烈地走来走去，拉开边界的门，双方互相都激烈地把腿抬到超过头顶放下来，再狠狠跺脚。我们继续摸不着头脑，看这群二货不知道在干吗，最后跟着人山人海一起走回去。路上几位欧洲脸被合影无数，我和燕子的亚洲脸立刻被抛弃了，我真是求之不得！

回新德里的漫漫长旅

回到金庙，我匆匆捐助了一百印度卢比，让人鄙视了一番中国人的贫穷之后，告别所有人，冲向还有半小时就要开车的火车站。离开印度才是高潮所在，这是继坐火车一定会蛋疼之后的又一真理！

到了火车站，我发现这班车很诡异，我问了N个人，一半人说这车会停在新德里，一半人说不会。我想着时间紧迫，也没有其他车去新德里了，就赶紧上了这趟车，因为还有十分钟就要开了！我没有买票，直接找了个铺就爬上去睡，人品很好的是，晚上没有人把我赶走，得以安然睡一晚。早上六点多我就起来了，问周围的人到新德里了没有，大家都说还没到，中间火车又停了一个站，明显不是新德里。一直开到八点多，我忽然觉得有点儿不对劲，再次问周围的人，他们说新德里早就过了，火车临时更改了日程，没停新德里就跑了。

不知道为什么，被告知火车飞站的那一刻，我完全没有感到惊慌，而是非常淡定地问告诉我这个消息的锡克族少年，那我应该怎么办？少年说，有个锡克族老爷爷也坐过站了，你可以和他一起在某某站下车，坐汽车回新德里。那个某某站十分钟后就会到，十点前就可以回到新德里了！我一听还挺开心的，反正也飞站了，能坐回去，还这么近，只要能赶得上大使馆的开门时间拿签证就可以了。

十分钟之后，火车却一点儿也没有要停的意思，我就和锡克族老爷爷在火车门口傻站着，老爷爷一直安慰我，让我少安毋躁。我们从八点一直站到十点，火车才在一个铁道中间停下来了，可这里根本不是站！而是并排的铁道中间！老爷爷一瘸一拐地跳下铁轨，我也跟着走了下去。走过铁轨，翻上站台，我们俩在几乎是一片荒漠的田间走了很久很久，等走到乡村公路上，我已经满身是汗，要多狼狈有多狼狈。

还没到中午，大太阳就晒得人受不了。什么？你说防晒霜？算了吧，擦到脸上纯粹就是在和泥。在印度我已经豁出去晒黑了，当下一秒能否活着都不知道的时候，谁还记得擦防晒霜啊！我和老爷爷站在街边等车，在火车上脏了一晚，早上又走得满身大汗，再在全是尘土的街边等半个小时的车，我已经脏得想扔掉自己，都快要不好意思站在干干净净、香喷喷、穿着白色袍子的锡克族老爷爷身边了，怕臭到他。我买了好几瓶水洗洗脸和胳膊，洗下来的都是泥水，一边洗一边出汗，公路上只要一有车经过，扬起的尘土又粘在身上，最后洗了也是白洗。

等了很久，老爷爷拦到了车，我们一起坐上了我曾经发誓死也不会坐的当地巴士。昨晚逃票的钱全都拿来给巴士了，是你的果然永远都躲不掉！火车票逃掉了汽车票就逃不掉。

汽车上照例热得要死，老爷爷包着头、留着长胡子，还穿着白色长袖长袍，竟然自得其乐没有中暑！他还一直安慰我，没问题的，很快就到了。他用自己会的不多的英语跟我说话，让我不要在可怕的巴士上疯掉。不幸的是，开了一个小时之后，车坏了！这RP，敢不敢再差一点儿。正午十二点，幸好我们停在一个有休息站的地方，这车好像一坏就修不好了。

老爷爷下车买酸奶给我喝，又买沙拉给我吃。虽然路边的东西脏得不行，盖着酸奶和盖着沙拉的布一揭开，一群苍蝇像云一样飞了起来，但这是人家的好意，我还是感动地接受，闭着眼睛吃下去了。其实是因为旁边就有厕所，所以不怕拉肚子。我边吃酸奶边想起在阿姆利则听说的新闻，说印度的牛奶比中国的更糟糕，根本不会像中国添加那么高级的三聚氰胺进去，印度的酸奶添的是胶水还有石灰乳什么的，回过头来看看这种街边摊，只能闭着眼睛喝吧，反正人活着早晚是会死的……

正午的大太阳晒得地上都要冒烟了，到处都那么热，没地方待，我全身都是泥地在街边卖薯片的小店里整整坐了两个小时，车才修好。这么热的天，竟然还有人买薯片吃，全都疯掉了么？

印度人最牛×的特点就是可以在各种惨绝人寰的环境里活得很自在。比如，四十多度的天气里，在全是尘土的公路边上吃薯片，薯片还是咖喱味的。看到我就急躁！

接着，我们又坐了两小时的巴士。老爷爷一直在安慰我，让我不要担心，他会帮助我，一切都会帮我弄好，没问题的。尽管热得要死，车还行进在未知的地方，但至少老爷爷在旁边，一切就好了很多。本来上午十点就能到新德里的，结果折腾到下午四点才到。老爷爷在车站找了一辆三轮车，带我一起坐三轮车到一个中转站，还把他的电话号码告诉我，说有任何问题都可以打给他，如果签证遇到问题，今晚没地方住也可以去他家住。在中转站，老爷爷还帮我找到另外一辆三轮车，帮我和司机讲好价，让司机带我去马来西亚大使馆。告别之前，他塞给我一百五十卢比，说是坐车的钱，叮嘱我到了大使馆就打电话给他报平安。

握着这一百五十卢比，我的眼泪唰地就流下来了，在印度的第一次流眼泪竟然是这样。外出流浪快四十天，酸甜苦辣什么都尝过，但我一直把这些都当成生命中珍贵的经验，从没觉得有什么难过的。生病我没哭，被卖给大叔我没哭，坐火车无论多么辛苦我都没哭，然而此刻，我才发现，真正无法控制的是感动的泪水。

三轮车司机坐在前面开车，路上又撞了一辆摩托车，两个人吵了起来，我一直坐在车里哭个不停，连他们吵了多久都没感觉。我的眼泪很廉价，只值人民币十七块五，但是它又很珍贵，因为再给我多少十七块五也买不来了。

眼泪和灰尘混在一起，我的脸不知道变得有多难看多花，然而我却觉得，为人心的善良而感动的此刻，是我在印度之行中最美丽的时刻。我就这样满脸泪痕地到了马来西亚大使馆，递上收据，工作人员把护照拿给我，说：“你被拒签了！”

火车魔咒

这并不是我预料中的结局，飞机将在两天后起飞，从离新德里一天半车程的加尔各答飞去吉隆坡，而我却在这样的关头被拒签了！我连忙问工作人员这究竟是怎么回事。工作人员说，因为我没有提供从马来西亚回中国的机票。但是我明明记得，当时我咨询过，工作人员的说法是只用提供去程不用提供返程，而且第二天我也打电话给了大使馆，问过签证的事情，得到的答复是5月22日过来拿签证就可以了，结果变成这样，我显然要据理力争。

工作人员说大使不在，让我第二天早上九点再打电话来。我说，如果第二天再坐火车走就来不及了，赶不上去加尔各答的飞机了！但是工作人员坚持说大使不在，也不让我进大使馆。接着他就回到办公室，留我一个人在保安室的外面。

我想，这是该要流氓的时候了，就把包一扔，站在保安室门前不走了。保安是个锡金人，看在脸都长得像中国人的分儿上，我就苦苦哀求他别赶我走，尽量帮帮我。其实我心里在盘算着，如果今天不能走的话是住回Vikram家还是联系Himanshu。我想来想去，总觉得如果今晚不走，明天肯定就只能坐飞机去加尔各答，太不划算了，没钱坐啊！即使有钱坐，万一票卖完了就没戏了！而且“明天早上打电话”这样的事情太不靠谱了，万一再被拒签就彻底玩儿完了！

正在我胡思乱想的时候，保安室的电话响了，我知道我可能有救了，尽管听不懂印度语，但我还是抻着脖子听。放下电话，保安拿了一张纸给我，让我写一封信给大使，说明我从马来西亚回中国的路线以及没有回程机票的原因，也就是让我表明态度不会黑在马来西亚。

我心想，要黑也黑新加坡，谁黑马来西亚啊！真是杞人忧天！于是，我洋洋洒洒写了一整页纸，表明我是如何计划从马来西亚回国的，如何热爱祖国不愿意黑在马来西亚。写完递上去，大使又打电话让我走到大使馆的后门等他，到了后门又让我回前门，后门跟前门之间远得要死，快把我折腾死了。终于，使馆的门总算开了，让我进去面签。

就这样，我背着个破包，穿着两天没换、已经臭了的衣服，满身泥土，一脸泪痕地坐在干干净净还开着空调的马来西亚大使馆里等大使，就为了一个在国内淘宝网八十块钱就能拿到的签证！就这副狼狈样子，还真像要黑过去、嫁过去的感觉。

我先是跟一个不是大使的工作人员卖了很久的萌，发现他不是大使，遂立刻抛弃之，谁要跟不是大使的人卖萌！等了很久，大使终于出现了！果然是大使范儿，他急匆匆地走进来，第一句就是问我："你身上有多少钱？"我把仅剩的可怜的一百美金拿出来，再抖出一堆里面没余额的银行卡，骗大使说其实我卡里有一百万卢比。

大使也不知道信了没有，就开始翻我的钱包和卡，一边翻一边说："你们中国大陆的女孩子，很多像你这样的年龄都是去马来西亚做非法工作的……"我心想，真是歧视，我读这么多年大学就为了去马来西亚做非法工作吗？而且非法工作最多一个月一万马币，也就是两万人民币，为了这么点儿钱，我值得吗？而且你看我这样子，在印度摸爬滚打了快一个月，黑得像块炭，一身不值钱的衣服，蓬头垢面，一股流浪汉的无赖气，倒贴白送也没人要啊！

还没等我说什么，大使就拿着我的护照走了，过了五分钟，工作人员又拿着我的护照回来，翻开一看，马来西亚三个月的签注赫然印在上面，我深深地鞠了个躬，刚擦干泪痕的脸差点儿激动得又被弄花了！全身有一种虚脱感。从阿姆利则的火车开始，这二十四个小时，我简直像坐着过山车过了一年一样，幸与不幸，笑容与泪水，失败与成功，都让我猝不及防，走！这次可以没有后顾之忧地坐车，去新德里火车站了。

然而，坐火车会蛋疼这个魔咒是不会解开的，在热得精神都快失常了，吵闹、满地都是开挂印度人的新德里火车站，我问了一大圈之后得出的结论是——今晚新德里火车站没有火车去加尔各答。这意味着，我又要去旧德里火车站坐车。

延续不买票的传统，我又随意找了一个铺位直接睡上去。与以往不同的是，这个铺位简直就脏得不是人睡的！上面有厚厚的一层灰尘，我真怀疑这个铺被封存过几百年刚刚拿出来！我用了一整卷纸巾才把铺位擦得稍微干净一些，至少不会让人立刻就疯掉。结果睡了不到半小时，竟然遇到了查票！乘务员立刻把我从用了一卷纸巾才擦干净的铺上给赶走了，还要我补票。我知道，要流氓的时刻到了！反正印度人都很热心肠，我只用把复杂的问题丢给他们就可以了。于是，我就坦白承认，我就是逃票了，你们爱咋咋地吧！我不仅逃票！我今晚还要找个床睡！我一个女生！还是外国人，没床睡不行！

于是，围观的人们开始大讨论了，究竟该把这个女流氓怎么办呢？反正我也听不懂印度语，就在厕所旁边的水管里把恶心得结成一缕一缕的头发随便洗了一下，再回来继续看他们讨论。当火车门外吹进来的风几乎把我的头发全吹干了的时候，他们讨论的结果出来了。我出两百印度卢比，他们给我找张床睡。

这显然是一个还能接受的交易，我拿出两百印度卢比给了一个男人，然后他让我睡在火车门口旁边值班老大爷的位子上，也就是别人拽过我的行李就可以立刻跳车跑掉的一个铺位上，曾经听过许多朋友在火车门口被抢了东西，强盗跳车瞬间跑掉的。折腾了这么久，我已经疯了，也不管行李会不会被抢走了。再说，人生来是一无所有的，身边其实很多东西是不必要的，如果上天要拿走它，相信我放在哪里都不可避免。所以，我把钱包手机随便挂在架子上，倒头就睡，直到天亮。所幸的是，低谷之后是人品爆发，一件东西也没丢！

我没有死在印度

第二天早上起来，我想着要离开印度，最后一次坐火车，还一次都没坐过空调车厢呢。我身上还有三千卢比没花完，是不是要奢侈一次，去坐一坐空调车厢享受一下！于是，我就背着包去了AC3车厢，找到列车员说我要补票，列车员说目前没位置，我就坐在他的铺上跟他聊天，说我一定要待在AC3不走了，今晚要睡这里，你一定要找到地方给我睡，不然我就睡在你的铺上，让你没地方睡！

列车员对我这种流氓的外国乘客表示非常无奈，他翻列车名单翻了很久，说现在暂时没地方，不过晚上就会有地方，让我先找个其他地方坐着。我就随便找了个下铺跟一群印度人在一起坐，AC3果然不一样！车厢里的乘客都会说英文！跟中铺的哥哥聊了一会儿，他说，这班火车是全印度最慢的火车，每个站都停，要明天晚上才能到加尔各答。我一想，我的飞机是明天下午的，这趟车竟然要超过四十八小时才能到，心都碎了。去问列车员这是不是真的，他说是的。老天啊，最后一次坐印度火车了它还要狠狠折磨我！好不容易想蹭一次空调车厢还得换车！老天待我不薄啊！

从前一天晚上到现在，我已经好久没吃东西了，肚子饿，但是不知道为什么，这次车上没人卖东西吃。列车员让我耐心等半小时，在下一次火车靠站的时候，我刚一站起来，已经看见他拿着吃的和水回来了，是专门买给我吃的。他还请我吃他家自制的印度薄饼，我一边吃他一边安慰我，没事的，虽然这趟火车到不了，但下午的可以在某个站换车，那里有快速的列车到加尔各答，第二天一早就能到。我就这样坐在列车员的铺上过了一个白天，虽然身上还是又脏又臭，两天没洗澡全是泥，但觉得心里踏实多了。

下午四点，火车抵达摩根萨拉，列车员让我下车换乘，坐了一天的空调车厢，他也没多收我钱。依依不舍告别好心人，我立刻冲去火车站的浴室洗了个澡，把脏衣服全都扔进垃圾桶。洗完澡觉得自己活过来了，也没有脏得像猪的感觉了，我再次跳上另一班去加尔各答的火车，买了一串没有苍蝇的绿色葡萄，因为那葡萄实在是大得不像话，诱人得很。

AC3的列车员位子上暂时没有人，我和一个印度小女孩面对面坐着，她的英语非常好。我问她要不要吃葡萄，她摆摆手说不要。我心想，这么大的葡萄你还不吃，多可惜啊！可当我吃到第一口就傻眼了！这种大的绿葡萄跟小的根本不是一个品种！酸死人了！小女孩笑了笑，说这就是她不肯吃的原因，真是坑爹的小女孩啊！也不事先提醒我一下！

等了很久，列车员才出现，说这班是早上四点到的，真想爆粗口，印度的火车不是太早就是太晚！想要继续坐AC3车厢，但是列车员在AC2车厢，我只好在AC2车厢和他坐在一起。AC2比AC3高了一个等级，我感觉就是，车厢温度至少比AC3降了五度，从AC3的很冷到AC2

的冷死人的温度！难道AC1是南极人专用车厢吗！像我这种一直都坐无空调车厢的穷人，到了AC2立马就感冒了，真是没有享受的命。

列车员说现在暂时没有地方给我睡，等到晚上他一定会帮我安排。我只好在天寒地冻的AC2车厢从下午五点一直坐到晚上十一点，九点的时候在印度最后一次吃到了肉，点了一份咖喱鸡饭，在这个时间破戒让我觉得很不完美。周围的印度大妈到了十点都在昏黄的灯光下开始大吃大喝，难道你们都注意不到肚子上一层层的肥肉吗？到印度一个月了，我还是完全不能适应十点钟吃饭。

列车员左等右等都不来，最后，当他来拍我换铺的时候，我已经在他床上睡着了，他收了我一千印度卢比。终于在AC3有个地方睡，可惜没睡几个小时，我又被列车员拍醒了，历尽千辛万苦，我终于到了加尔各答。

凌晨四点，加尔各答就已经热得让人无法忍受，在外面站了五分钟就一身是汗，东印度的湿热跟西印度的干热比真是不一样。一个月前在瓦拉纳西分别的学长在加尔各答做义工，我来投奔他半天，再从加尔各答飞走，其实主要目的是好好洗个澡，再把恶心的衣服都洗了。列车员非常好心地带着我在火车站里找到上等车厢休息室，虽然我的票还是不怎么上等，但是他帮我跟看门人说了说，使我得以在休息室待到天亮有公交车为止。

不知道为什么，所谓的上等休息室不仅没有空调，连个风扇都没有，热得人坐立不安，这种热跟西印度的热完全不同，没有那么干爽舒适，而是湿湿的、黏黏的，让人浑身不自在。六点钟，列车员来叫我，带着我去坐公交车，路上一样的破烂混乱，等车让人心烦又流汗，太阳还没升起来就已经觉得热得难受了，天哪！我的学长是怎么活下来的！花五毛钱坐车，从炎热混乱的火车站一直坐到义工聚集的苏达街（Sudder Street），满街都是裸着上身还在睡觉的男人。也怪，这么热的天气，我都恨不得脱光睡在大街上了！

才六点多，根本打不通学长电话，他肯定还在睡梦中。于是，我在街边吃了个难吃的小面包，跟一群印度人一起喝了一个小椰子。我像个普通的流浪汉一样，坐在路边傻呆呆地盯着马路看，一直挨到七点，还是找不到学长，我就换了个地方在路边呆站着等待。正等着，一个女人抱着孩子走过来，朝我要钱。

我想，在印度都是乞丐朝我要钱，这最后几个小时了，我一定要找乞丐要到钱！于是，我一把抓住她的手朝她哭穷："我上有八十岁的老母、下有没断奶的孩子啊，你看我身上的衣服都破成什么样了，看看我饿得多瘦啊，看你们家的孩子黑黑胖胖的，怎么能跟我这种可怜人要钱啊，你有没有钱能给我一点儿，我没钱活下去了……"那女人的表情像所有的阿三一样淡定，被我吓了也不会大惊失色，但是她掏出一卢比给了我，还说要请我喝牛奶，问我去不去。

她竟然真给了！我过意不去，把手上花十五卢比买的一堆镯子全都脱下来给她戴上，反正马上就要离开印度，也不需要这些东西了。在印度最后的时间里，我竟然向乞丐讨到了钱，这无疑是我人生中最伟大的成功！我觉得我已经可以没有遗憾地离开了。

要完钱，学长终于醒了，也终于发现了我的存在，他来街上带我回到他租住的地方。这一个月以来，学长都在加尔各答做义工，湿热的天气真的对一个人的形象有很大的影响。像学长这样注重形象的美少年都被折磨得随便穿着个大裤衩和老头衬衫就上街了，而且在尼泊尔还白嫩的小脸竟然被晒黑了！这怎么符合学长的形象呢！我也没多想，反正终于有个地方可以好好洗个澡，再把包里所有恶心的衣服都洗了。多亏东印度晒得要死的太阳，衣服一会儿就烤干了。

尽管是大清早，我坐在还算阴凉的屋子里都狂冒汗，加尔各答绝对是让人热得活不下去的地方，义工们都太厉害了！我一边跟学长吃西瓜，一边跟新朋友聊天，聊着聊着都热得想脱光算了。学长在“垂死之家”做义工，本来我也计划做几天的义工再走，看来这次是没机会为印度人民做贡献了。除了哗哗冒汗，还是哗哗冒汗。

苏达街最好的一点就是竟然存在带空调的饭馆！中午和学长一起吃了肉酱意粉，都要离开印度了，我不能再虐待自己的胃了，难吃的咖喱快拜拜吧，我真的一点儿也不怀念！可惜完全没心情、也没时间体会加尔各答这座城市了，据说有电车什么的，还挺好玩的。但是，这么热的天气，谁还有心情呢？吃完饭，我们回到学长住的地方，衣不遮体地吃雪糕，把借给学长一个月有余的裤子回收了，又把身上剩下的钱都换给了他，该是对印度说再见的时候了。

坐地铁去机场的路上，也就十分钟的路程，我全身就被汗水浸透了，地铁竟然是没空调的！热得快要不能活了！我想着快点儿离开加尔各答吧！真的待不下去了！下了地铁换乘的士，的士司机们为了抢我这唯一的客人打了起来，我默默走开，找了一个没在打架的司机走了。燥热的天气让人的脾气也无比急躁啊！话说，我也想打他们一顿来着……

终于坐在凉爽的候机室里，我开始给在印度认识的所有朋友发短信告别，却没有人回复我，这是民族特性还是他们都不记得看手机了呢？我不知道。在印度的三十天，就像经历了整个人生，一无所有地来，又无人告别默默地离去。

我总是觉得，生活、恋爱、吵架、喝酒、飙车、逃票、做义工、跳舞、哭泣、被骗、踩牛粪……你要是一项都没经历过，就不算来过印度。这里的确没什么好，每天被各种莫名其妙的状况和各种诡异的人折磨得要死，自己也折磨别人折磨得要死，甚至每天过着自己都不知道会不会有明天的流浪生活，但不知不觉中，就在这里发现了生活的真谛。

有时候午夜梦回，躺在家里软软的小床上，我一遍一遍地回忆着在印度每一天的生活，甚至认为在印度火车地板上睡觉的那几个夜晚，才是我生命中最有意思、最值得骄傲的时刻。

洗净铅华，在自己真正一无所有的时候，才能发现生命本身的意义。不用伪装自己，不用掩饰我的一切坏脾气和怪毛病，真正做我自己，有时笑得腰都直不起来，有时哭得眼泪和泥土混在一起，有时生气得忘了任何教养和风度指着印度人的鼻子就骂，有时幸福得仿佛飞上云端。

遇见各种各样的人，有好的、有坏的、有不好不坏的、有外表好内心坏的、有外表坏内心好的。我卖萌、犯二、耍流氓，恶搞身边的所有印度人。有时候恨不得马上就坐飞机离开这可怕的地方，但是真正要走了却又舍不得了，我不知道在世界的其他地方还能不能过得这么丰富充实，所有人都是神经病，所有人又都能原谅我的神经病。

飞上云端的那一刻，我心里只有一个想法：我竟然活着离开了！

我！没！有！死！在！印！度！

世界很友好/但也不是处处皆天堂

保持一颗平常又警惕的心

去面对这个世界

相信别人/同时保护自己

Alone on the road

后　记

关于独自上路

旅行并不是微博上的说走就走那么轻松，世界很友好，但也不是处处皆天堂，作为一个独自上路的女性背包客，比起结伴上路来说，更需要注意安全。

总体来说，世界很安全，到处都是朋友，到处都是好心人，有些人总觉得，万一我出国了，在菲律宾被绑架了怎么办？在印度被强奸了怎么办？实际上，这些事情发生的概率比在中国发生车祸的概率都要小得多。许多人说，Sukey是因为没遇到所以站着说话不腰疼，一旦遇到了终生后悔莫及，但是我始终坚信，没事别找事，有事冷静对待，就足以对付许多旅途中可能遇到的危险。万一遇到致命的危险，那也只能求上帝保佑了，命数这种东西，有时不在于你是否旅行。

背包客的生活总是跟酒分不开，尤其是一个人的时候，喝酒是拉近新朋友之间距离的好办法。白天喝酒一般不会喝得酩酊大醉，但是夜间出门喝酒一定要注意，在一个陌生的城市最好不要独自醉酒夜归，除非酒吧就在自己住的地方，尤其是在自己神志都不太清醒又是一个人的时候，谁会帮你看行李呢？这样的情况下，你不丢包谁丢包？

我就有过相关的经验，在泰国帕岸岛参加瀑布派对，因为知道自己喝醉了八成会丢包，就拿了没多少钱和快要淘汰的破手机去了，结果喝醉之后，自己下场跳舞，回来的时候包已经不知所踪了。幸好东西不值钱，不那么心疼，而且护照也没带去，不然真不知道要怎么办才好。而且作为女性，当遇到男性要求一同喝酒时，有时候仅仅是庆祝相遇小酌一番，有时却会有一定目的。一定要想好自己的立场，分辨清楚情况，不要惹出不必要的麻烦。

一个人在路上时，要记得随时与家人保持联系，而且要有可以证明自己身份的东西。一旦遇到危险，手机不见了，身上其他的东西什么也没有，就根本没有人知道你的身份了，想救你也不知道联系谁来救了。在举目无亲的国度，留下自己的痕迹，结识一些人，有助于在万一遇到危险的时候能有人来拯救你。

不仅是人与人的关系，每天的一日三餐也是要注意的。肠胃不够强悍的人，一定要带药上路，国外的药不一定适合你，可能很贵，也可能你根本就找不到靠谱的医生，也描述不了自己的病情。我自己就有喝错了酸奶在印度连病两次快被折腾死的经历。以前带老妈去越南旅行，也因为找不到医院、买不到药，生生把感冒拖成了肺炎，回国调理了许多天才好。有些人的肠胃比较弱，因此出国旅行的时候，不要吃一些来路不明或者一看就知道不适合自己的东西，在食品卫生不合格的国家尤其需要注意。许多欧美背包客都自买矿泉水，不喝当地水，因为他们知道，一旦拉肚子或者肠胃炎都会让旅行变得非常痛苦。在尼泊尔遇到的背包客说，他们甚至在买不到矿泉水的地方用可乐刷牙……作为肠胃十分强大的中国人，我们肯定比欧美人强大，但是也不可以掉以轻心，在异国吃生食物的时候，一定要注意清洁和自己肠胃的耐受能力。

不要认为自己很耐晒就不擦防晒霜，长时间大面积暴露在阳光下，不仅会增加患皮肤癌的危险，而且一旦晒伤也会让旅途变得痛苦。已经有无数朋友告诉我，他们在度蜜月去海岛国家的时候认为自己是男人，晒点儿太阳没什么，结果晒伤到浑身起水疱，脱皮疼痛，让原本浪漫的蜜月泡汤，只能趴在酒店的床上孤独地看大海，直到旅途结束。防晒霜一定要擦，而且在下水之后要补擦，重点在背部、腰部和臀部，大腿后侧也要擦，浮潜的晒伤可是很严重的。

世界上大多数国家对于女性的衣着都没有太多的限制，但这不包括一些宗教国家。比如在印度，露出大腿不仅是不合乎情理的，更是非常危险的。不要认为自己不是印度女人就不需要遵守印度的穿衣规则。这是保护自己的一个很重要的方法。有时在印度，穿得很保守都会遭受时不时的性骚扰，更别提露出大腿了。当你成为整条街的焦点所在，自然也成为整条街的危险所在。

在印度，许多人的逻辑是，既然你决定露出你的大腿，那么你就是一个“不值得被尊重的女生”，那么，如果我对你做出什么事，很大程度上你也有错。在这种难以让人理解的逻辑下，他们会做出许多更让人难以理解的事，再加上当地警察不一定有责任心，这会将你置于非常危险的境地，这点不得不注意。因此，在一个地方旅行时，需要多观察当地居民的穿着，如果你的穿着可以与当地居民很好地融合，那么交到朋友的机会也会提高很多。

除了一般旅行者要注意的事项，沙发客更有一些特别需要注意的地方。在做了几十次沙发客之后，曾经有一次在清迈跟一群资深沙发客和沙发主聊天，很意外的是，经验不太丰富的沙发客觉得这种沙发冲浪非常有趣，而且是了解当地文化的好方法。而资深的沙发客和沙发主却认为这种交流下面暗流滚滚，更多的是与性有关。双方都在寻找隐藏在其中的机会，其实我也不得不承认，自己也开始发现很多沙发主有这方面的倾向。因此，做沙发客最好与家庭或者同性住在一起，女性即使跟家庭住在一起，在不希望发生什么不愉快的情况下也要尽量避免与男主人单独相处的机会，很多事情处于性骚扰和友情之间的暧昧地带，尽量避免接触可以减少不必要的烦恼。

当然，需要注意的东西还有很多，保持一颗平常又警惕的心去面对这个世界，在相信别人的同时不忘保护自己，或许是单身上路所必需的。

图书在版编目（CIP）数据

我从印度活着回来了 / Sukey著. — 长沙：湖南文艺出版社，2014.4
ISBN 978-7-5404-6617-6

Ⅰ.①我… Ⅱ.①S… Ⅲ.①游记-作品集-中国-当代 Ⅳ.①I267.4

中国版本图书馆CIP数据核字（2014）第033334号

上架建议：青春·旅行

我从印度活着回来了
作　　者：Sukey
出 版 人：刘清华
责任编辑：薛　健　刘诗哲
整体监制：陈　江　毛闽峰
策划编辑：包　包
特约策划：李林寒　子　禾
特约编辑：杨　旸
封面设计：申晓声
版式设计：姜利锐
出版发行：湖南文艺出版社
（长沙市雨花区东二环一段508号　邮编：410014）
网　　址：www.hnwy.net
印　　刷：北京鹏润伟业印刷有限公司
经　　销：新华书店
开　　本：700mm × 1000mm　1/32
字　　数：143千字
印　　张：8.5
版　　次：2014年4月第1版
印　　次：2014年4月第1次印刷
书　　号：ISBN 978-7-5404-6617-6
定　　价：36.00元
（若有质量问题，请致电质量监督电话：010-84409925）